ESPURNA
bromera

ESPURNA

ÚLTIMS TÍTOLS PUBLICATS

63. *L'infern de Marta.* Pasqual Alapont / Vicente Garrido
64. *No et pots casar, pare!* Fina Casalderrey
65. *Nit d'ombres voraces.* Agustín Fernández Paz
66. *Quina canya de pare!* Patrick Cauvin
67. *L'escola secreta.* Mariano Casas
68. *El somriure del diable.* Jordi Sierra i Fabra
69. *Pell de llop.* Xosé Miranda
70. *Tres passes pel misteri.* Agustín Fernández Paz
71. *Solituds de l'Anna.* Jordi Sierra i Fabra
72. *Els silencis de Marc.* Vicent Borràs
73. *Barrots daurats.* Pasqual Alapont / Pepe Rodríguez
74. *El rastre de la pantera.* Mariano Casas
75. *Dora diu que no.* Isabel-Clara Simó
76. *L'ombra caçadora.* Suso de Toro
77. *Fi de culs a Mallolca.* Pasqual Alapont
78. *Carrer del Carbó.* Marilar Aleixandre
79. *Les confessions de Titus Burns.* Jesús Cortés
80. *La nit que Wendy va aprendre a volar.* Andreu Martín
81. *L'amenaça de les grues.* Carme Miquel
82. *Passadissos d'ombra.* Agustín Fernández Paz
83. *La frontera negra.* Silvestre Vilaplana
84. *Els focs de la memòria.* Jordi Sierra i Fabra
85. *Contra el vent.* Fina Casalderrey

Hi ha unes *Propostes didàctiques*, referides a aquest llibre, que es poden descarregar de manera gratuïta des de la pàgina web www.bromera.com.

www.bromera.com
Coberta: *Bernat Gutiérrez*
Impressió: *Romanyà-Valls*
1a edició: *febrer, 2008*
ISBN: *978-84-9824-262-1*
DL: *B-5255-2008*

Els focs de la memòria

Jordi Sierra i Fabra

Premi Bancaixa de Narrativa Juvenil
2007

ESPURNA
bromera

Premis Literaris Ciutat d'Alzira 2007

Aquesta obra va ser guanyadora del XII Premi Bancaixa de Narrativa Juvenil, patrocinat per Bancaixa i promogut per l'Ajuntament d'Alzira. Formaven el jurat Consuelo Berenguer, Joan Carles Girbés, Andreu Martín, María José Obiol i Joan Portell.

Als 90.000

A Pep Duran, l'home que més sap
de llibres a Espanya (possiblement)

LA FOSSA

1

Les primeres restes van aparèixer a les 10 hores i 37 minuts del matí d'aquell dimarts.

Al voltant de la fossa, retallades com arbres humans palplantats enmig d'un terreny abrupte, hi havia en aquell moment unes vint persones, sense comptar les que hi treballaven, i l'efecte va ser catàrtic. La veu de la noia que va trobar l'os va ser alliberadora.

–Aquí!

Es va produir una descàrrega elèctrica, un despertar fulminant, entre els que observaven el treball. Van passar de la immobilitat a l'agitació. Uns van començar a plorar, uns altres van abraçar-se a si mateixos, o a les seves parelles i als seus veïns. Els homes van empassar saliva i clogueren fort els punys. Les dones van desmuntar-se com si els seus cossos haguessin començat a esmicolar-se, perdent rigidesa i consistència.

El petit Nicanor va ser l'encarregat de dur la notícia al poble.

–Corre –li va dir el seu avi–. Ja està. Que vingui tothom.

I mentre el nen corria per la sendera a buscar la seva bicicleta, i en direcció al camí principal que conduïa al poble, els veïns de San Agustín del Valle van acostar-se al límit de les estaques i la corda que marcava la zona de l'excavació per veure més bé aquell miracle i ser testimonis de la història.

O millor dit, de la recuperació de la història.

–Amb compte –van sentir que deia una altra de les estudiants amb un marcat accent estranger.

El grup d'homes i dones que treballaven en l'excavació, la majoria joves, rodejava la noia que havia fet la primera troballa. S'estava procedint a netejar l'os, que de seguida va adquirir la forma d'un fèmur.

–Delimiteu el perímetre –va ordenar el que dirigia els voluntaris.

La terra no era compacta, sinó tova. L'argila vermellosa semblava que encara estigués impregnada de la sang dels morts. A penes es necessitaven eines. N'hi havia prou amb les mans, que s'enfonsaven a la terra, la retiraven i la dipositaven en els carretons que altres mans conduïen fora del contorn de la fossa.

–Neteja aquí. Així, a poc a poc...

Amb els raspalls van aclarir la longitud del fèmur, fins al peu. L'altre os va aparèixer al costat, seguint la lògica. Després, amunt, enfilava la pelvis, i un crani caigut sobre la falda, amb el forat de la bala formant un tercer ull al front.

La fossa va anar obrint-se a la llum.

Al cap de tants anys.

–Unes ulleres...

Aleshores les troballes van succeir-se en cadena, una rere l'altra, perquè els cadàvers estaven amuntegats. Restes de roba que ni el temps ni la naturalesa no havien pogut destruir, sabates, botons, una cartera, un flascó de medicaments intacte, la sivella d'un cinturó, el casquet d'un projectil... Momentàniament es deixava tot sobre el mateix terreny, per no confondre's, per fer un mapa geogràfic de l'escena i intentar recompondre, si no el que va passar, perquè era conegut de sobres, sí la manera en què totes aquelles persones havien caigut. Per la mateixa raó es procurava no mesclar els ossos, ni confondre els d'un mort amb els d'un altre.

Però malgrat la paciència de cada acció, el progrés es va fer evident.

Del centre d'una caixa toràcica, algú en va recollir un anell.

–Se'l va empassar perquè no l'hi robessin –va dir el cap del grup.

Una de les dones de la rotllana que assistia al miracle va emetre un gemec agut. Al seu costat, l'home que la subjectava, tan vell com ella, va preguntar:

–Duu el nom de Mariana per dins?

Van netejar l'anell. La resposta va ser ràpida.

–Sí.

L'home va haver de subjectar la dona. Se li va esmunyir d'entre els braços. Altres veïns la van ajudar i l'estiraren a terra. Una vegada i una altra gemegava «Pare! Pare!». Al lluny, en Nicanor ja devia haver arribat al poble, perquè la campana de l'església va començar a tocar fent saltar el batall d'un cantó a l'altre. Les campanades van multiplicar-se en eco fins on eren ells, resseguint les escarpes de muntanya.

De seguida, la fossa acabada de descobrir va omplir-se de crits, sentiments, mirades, dolor.

El grup de l'ARMH va intentar aïllar-se de tota aquesta passió.

A poc a poc, amb una cura extrema, van continuar traient a la llum les restes dels cossos sepultats a la fossa. Cap urgència històrica, cap mena de pressa els accelerava els moviments.

Al capdavall, els morts feia anys, molts anys, que estaven allà enterrats, des de la guerra civil.

2

La notícia va saltar per antena a l'hora de dinar, a l'informatiu estatal. La presentadora, amb un rostre de gravetat i acompanyada per una fotografia situada en el marge superior dret de la pantalla, la va narrar amb pragmàtica professionalitat.

–Avui, en el petit poble de San Agustín del Valle, s'han viscut escenes d'intensa emotivitat quan un grup de voluntaris i estudiants de l'Associació per a la Recuperació de la Memòria Històrica han trobat, finalment, i al cap de diversos dies de treball, les restes dels popularment coneguts com Els Tretze de San Agustín. La fossa, situada en una clotada a tres quilòmetres escassos del poble, ha entrat a formar part de la llegenda negra de la guerra civil espanyola. La recuperació d'aquesta fossa és una més de totes les que s'estan duent a terme des de fa uns quants anys de cap a cap del país per a...

–Fills de puta! –exclamà una veu en el bar.

–Calla, Segis –li va ordenar l'amo, rere la barra.

–Coi, ara resultarà que és «un descobriment» –va remarcar les dues darreres paraules amb sorna–. Com si nosaltres no ho haguéssim sabut mai que eren allà, maleït sigui!

–I ells què saben, home? –li va dir el del seu costat.

–Aquests donen la notícia i ja està –va justificar l'amo del bar.

–Com es nota que no hi teniu enterrat ningú allà dalt –va protestar l'home que havia alçat la veu de forma irada.

–Carai, ni que fos un avi o un pare –va exclamar un altre dels parroquians.

–El Sebas era cosí del meu besavi.

–Au vinga, pren-te una copa –va convidar-lo l'amo del bar tot servint-li vi–. I calla, que no ens deixes sentir res. Per un cop que sortim a la tele...

La presentadora de l'informatiu concloïa la notícia.

–...per la qual cosa cada fossa, a cada poble, té la seva història, però n'hi ha algunes, com la d'Els Tretze de San Agustín, que han transcendit al seu temps i s'han convertit en mite. –La dona va il·luminar el seu rostre bell i harmònic amb un dolç somriure de complicitat amb l'espectador, i va acabar el parlament amb un testimonial:– Ara, aquests tretze homes torturats i afusellats fa tant de temps, podran per fi descansar en pau.

L'home de la protesta, recolzat a la barra del bar, va prendre's el vi d'un sol glop.

3

En Julián Pérez va apagar el televisor quan la locutora va acabar de donar la notícia. A penes va deixar passar deu segons abans de cridar:

–Clara!

La seva secretària no va trigar-ne dos a treure el cap per la porta.

–Sí?

–Que vingui l'Eduard.

El va esperar mentre s'embolicava amb les seves reflexions finals. No estava assegut rere la taula del despatx, sinó en una de les butaques que encerclaven la taula de fusta on solia reunir-se amb el seu equip. Li agradava més aquesta perquè l'altra era massa rígida. Els ulls se li van perdre momentàniament en algun lloc indeterminat, sobrevolant terra de ningú amb el pensament encara suspès en les imatges de la televisió. Va recuperar la concentració quan la porta va obrir-se de cop, sense cap trucada prèvia.

–Passa, Eduard –va convidar-lo el cap de redacció en veure que aquest s'aturava al llindar.

El noi va tancar la porta i va ocupar una butaca de pell negra de les que hi havia situades a l'altre costat de la taula. En Julián Pérez el va escrutar amb una de les seves mirades d'àliga. Concentració, densitat, passió. L'Eduard Calvo la va sostenir. La coneixia de sobres. La mirada de la lucidesa, dels reflexos i de l'instint pur, sobretot de l'instint pur. Tots dos se n'alimentaven, però si un era jove, un llop famolenc que formava part de la nova generació de periodistes, l'altre era un gat vell, amb anys d'experiència a l'esquena. En Julián Pérez solia parlar d'«equip».

I tot i que no volia ser un pare, a vegades ho semblava.

–Te'n vas a San Agustín del Valle –li va dir.

–On és això?

–No et van ensenyar geografia quan vas estudiar periodisme?

–Què passa a San Agustín del Valle?

–Hi han trobat la tomba d'Els Tretze de San Agustín.

L'Eduard Calvo va mantenir la mateixa actitud. Tan sols va pestanyejar un cop.

–Déu... –va gemegar el cap de redacció fregant-se els ulls amb una mà–. Si fossis tan bo en coneixement i cultura com ho ets en investigació...

–Per això investigo, no?

–Guerra civil espanyola. Et sona de res?

–Fins aquí anem bé –va mantenir la mateixa ironia que el seu superior.

–Any 36 –va voler ser graciós i puntualitzà:– del segle passat, és clar. –Després va recuperar el to inicial.– El país es fot de potes enlaire perquè uns quants se'n van de pícnic i uns altres diuen que ja hi ha una legalitat i que el pícnic no toca. Total: veïns i germans es maten entre si de nord a sud i d'est a oest. Em segueixes?

–Que sí, home –va sospirar l'Eduard.

–Aleshores ja saps què va passar. –El seu superior va obrir i tancar les mans.– En uns llocs guanyen els fidels a la República i en altres els sediciosos, però sigui com sigui, la repressió és ferotge en cada una d'aquestes petites guerres locals. Com el cas de San Agustín del Valle.

L'Eduard Calvo va recolzar-se a la taula, preveient que la lliçó seria llarga però també interessat en el punt de partida, prou clar d'altra banda, del seu nou reportatge.

–A San Agustín del Valle no hi va haver cap equilibri de forces. Els rebels van aconseguir el control del poble i van posar fi a la resistència dels lleials a la República. Però no van eliminar-la de cop. Tretze homes van tancar-se a l'escola i van resistir amb coratge l'assalt dels revoltats, que tenien el suport de la Guàrdia Civil. I no van aguantar un dia, ni dos, ni tres, sinó nou. Al final, morts de gana i de set, sense ni una bala per disparar, van rendir-se. Aleshores la bogeria va arribar al paroxisme. Els van torturar durant hores i, finalment, van afusellar-los i els van enterrar en una fossa. Una de les centenars que encara avui hi ha a Espanya sense obrir. Per la seva heroica resistència se'ls va conèixer com Els Tretze de San Agustín.

–Han obert la fossa?

–Sí –va assentir en Julián Pérez–. Pel que es veu, els de l'Associació per a la Recuperació de la Memòria Històrica han trigat diversos dies, però aquest matí finalment els han trobat. I serà un cas que portarà cua, així que és teu. I m'importen un carall les xifres. Vull el costat humà.

–No és la primera vegada que en parlem, d'això.

–Ni serà l'última. –El cap de redacció va fer un gest típic d'enuig.– És al·lucinant que encara avui hi hagi 90.000 cadàvers sepultats a les cunetes i als camps d'Espanya, en ple segle XXI. A vegades aquest país és com un acudit dolent. Tanta gent amb pares, avis, oncles morts a la guerra, i que al cap de tants anys encara no hagin pogut desenterrar-los i honorar-los com es mereixen! Aquesta gent es mereix un respecte, i les seves famílies, la dignitat de recuperar-los. A què esperem per fer net d'una vegada, per l'amor de Déu?

–Potser perquè aquí ens importa molt poc el passat?

–Doncs et toca a tu refrescar-lo amb aquest cas. Per això et vull a tu. Quan t'hi poses ets tan afilat com una fulla d'afaitar. Fot-hi tota la canya del món, però sense perdre professionalitat, d'acord? Aquest fet pot ser que estiri la corda d'una punyetera vegada. –El nou sospir va fer-se amb ràbia.– 90.000, tu! Saps què són 90.000 persones enterrades en fosses oblidades, tret pels que les coneixen, aquí i allà?

L'Eduard Calvo no va saber què dir, perquè el seu cap va quedar-se uns instants en silenci, amb la mirada extraviada.

–Per què no l'escriu vostè, el reportatge? –va semblar que bromejava finalment el jove periodista.

–No em toquis el que no sona, vols? –va reaccionar en Julián Pérez–. Hi ha informació de sobres, aquí i a Internet. Una cosa és la rehabilitació moral i jurídica d'aquestes persones, i una altra aquest cas, que és dels més notoris. Demà al matí et vull aquí, d'acord? Surt aquesta mateixa nit i dorm al poble, o vés-hi abans que es faci de dia, m'és igual, de totes maneres no hi ha gaires quilòmetres. La notícia ja està donada. El que ara vull és material per al dominical. Exhaustiu.

–D'acord.

–I en el reportatge no t'oblidis d'apuntar que s'estan desenterrant fosses a Guatemala, a Srebrenica, o a l'Iraq mateix, que són conflictes recents, però que en aquest país...

–Bé, mestre. –L'Eduard Calvo va aixecar-se.

El seu superior el va observar mentre es retirava. De la nova generació arribada al diari en els darrers tres anys era el millor, el més imaginatiu, el que més s'adaptava al concepte de periodista de la vella escola. I escrivia bé.

Ho tenia tot, fins i tot la seva maleïda joventut.

O potser s'hauria de dir, a pesar de la seva maleïda joventut.

–Eduard.

–Sí, mestre?

–Jo no puc escriure sobre això perquè les diria massa grosses i no seria equànime. No en aquest tema –va sospirar amb força–. Però no et tallis gens, d'acord?

4

En Conrado Solís, l'alcalde de San Agustín del Valle, va aixecar-se de la cadira del seu despatx quan va entrar Juan García, cap del grup de l'ARMH que havia localitzat i excavat la fossa amb els tretze homes morts el 1936. Tots dos van fer una calorosa encaixada de mans.

Calorosa i amb sabor de victòria.

Però si en el rostre del jove polític hi regnava una càlida llum envoltada de pau, amb la satisfacció i l'orgull de la feina ben feta, en els ulls del seu visitant el que hi bategava era la incertesa.

–Senyor alcalde...

–Assegui's –va convidar-lo.

–Em temo que no podrà ser.

–Per què?

–És que hi ha una cosa que hauria... –En Juan García va aturar-se sense saber com continuar.

–Cap problema? –va inquietar-se en Conrado Solís.

La fossa havia pogut obrir-se gràcies a ell. El canvi de tendència a l'alcaldia, després de les últimes eleccions, havia facilitat la ràpida operació. El mateix alcalde donava menjar i allotjament gratuït als voluntaris que participaven en les tasques d'excavació, neteja i exhumació dels cadàvers. La majoria eren estudiants estrangers, interessats en la labor, en la història, en la recuperació de la memòria d'una guerra que no havia estat seva i en un país que, al cap de gairebé setanta anys d'acabada la contesa, encara no havia tancat les seves ferides.

–Són dotze –va dir l'home de l'ARMH.

–Com diu?

–Que només hi ha dotze cadàvers.

En Conrado Solís va alçar les celles. Era com si el seu visitant li acabés de parlar de la quadratura del cercle.

–Dotze? –va repetir en veu alta. En Juan García li va sostenir la mirada–. Però això és... impossible –va somriure sorprès l'alcalde del poble–. Són tretze, sens dubte. Sempre han sigut tretze.

–Hem excavat una mica més, al seu voltant, i no en tenim ni el més petit dubte. Els dotze estan amuntegats, caiguts els uns sobre els altres. És impossible que un d'ells fos enterrat a part, i menys allà dalt. Hi ha dotze calaveres, dotze caixes toràciques, vint-i-quatre braços, vint-i-quatre cames... I ni rastre de cap més mort.

–Tothom sap els seus noms. –Els ulls d'en Conrado Solís van obrir-se tant com la seva boca.– Per favor, són Els Tretze de San Agustín, no els dotze! Els Tretze!

En Juan García ja no va dir res més. No era necessari.

–Anem. –L'alcalde va ser el primer a reaccionar, tot dirigint-se a la porta del seu despatx.

5

La Narcisa Peñalver sostenia un mocador entre les mans. Ja estava molt arrugat, i força humit, fet un parrac. De tant en tant l'utilitzava per assecar-se els ulls i de tant en tant es mocava i s'eixugava el nas. Després el masegava amb les mans, el tornava a estirar, buscava un racó o una punta seca i sant tornem-hi. Al seu costat, la seva filla Clara s'aferrava a ella com si manqués espai i compartissin a penes un sospir. Era difícil saber si la subjectava perquè no caigués o si se subjectava per no caure, tot i que ella no plorava.

–Mare, per què no seiem?

La dona gran va moure el cap d'un cantó a l'altre.

–A veure si t'agafarà alguna cosa –va insistir la seva filla.

–Què vols? –li va retreure–. Mai no vaig creure que pogués arribar aquest dia.

–Doncs ja ho veus.

–Si la teva àvia hagués viscut pocs anys més...

–S'hauria mort ara, de la impressió. –La Clara li va prémer el braç amb tendresa.

La Narcisa Peñalver va prémer el mocador.

–71 anys, nena. 71 anys podrint-se aquí sota.

No n'havia parlat gairebé mai. En la postguerra havia estat la filla d'un «roig», tan humiliada o més que la seva mare. I amb la mort de Franco la por no havia desaparegut. La Clara havia trigat molts anys a saber la història, a descobrir que el seu avi Damián havia estat afusellat i enterrat a la clotada.

A vegades, en els pobles, el temps no passava.

L'aparició d'en Conrado Solís va foragitar les seves paraules i els seus pensaments. L'efecte va ser catàrtic. Les dues van enravenar-se mentre l'alcalde s'acostava lentament. Primer va mirar-les, després va enfonsar els ulls a terra i, quan va ser al seu costat, va tornar a alçar el cap.

S'anava a dirigir a la Narcisa Peñalver. Però no va aconseguir dir res abans que ho fes ella.

–L'heu identificat, ja?

L'alcalde del poble va naufragar en aquella humitat ocular. Va mirar la Clara, prematurament envellida de manera que a vegades més que filla semblava germana de la seva mare. La Narcisa tenia 71 anys. La Clara 49. Una anava vestida de negre, l'altra de gris. Allà pràcticament tothom es coneixia, però mai no les havia observat com ho feia ara. Ni tan sols sabia com expressar-se.

Amb cada una de les seves paraules buscava un equilibri difícil de trobar.

–S'han identificat cinc cadàvers –va dir-los–. Per la roba, sabates, un cinturó, un objecte trobat a prop i altres dades que ens han facilitat els experts. Per la resta potser haurem d'esperar altres proves, l'ADN...

–El meu pare és fàcil d'identificar –va insistir la Narcisa Peñalver–. Què li haig d'explicar, Conrado, vostè ja sap la història. Li van trencar un braç, l'esquerre, i se sap que abans d'afusellar-lo li van trencar les dents de dalt d'un cop de culata. Va sagnar tot el camí. Van veure'l. No hi pot haver confusió. O és que han desenterrat dos homes amb un braç trencat i sense dents a dalt?

L'home va empassar saliva.

Per ell, encara era incomprensible, així que, a sobre, si havia d'intentar explicar-ho a elles...

–Senyora Narcisa, hi ha una cosa que no encaixa –va sospirar.

–Què no encaixa? –va preguntar ara la Clara, encara aferrada a la seva mare.

–És que...

–Vinga, Conrado, què passa? –va alarmar-se la dona gran.

–Només hi ha dotze cossos.

–Com que només hi ha dotze cossos?

–El que sentiu. Dotze.

–Deu faltar per desenterrar el número tretze.

–No hi ha cap número tretze –digué en Conrado Solís.

La notícia va trigar a penetrar en les seves ments. Ho va fer a poc a poc. Però va ser tan irreal com si els haguessin dit que la terra girava al voltant de la lluna o que el sol no sortiria l'endemà.

Els Tretze de San Agustín no podien ser dotze. Així de senzill.

–Cap dels cossos que hem desenterrat no té un braç trencat, ni li falten les dents superiors de davant. –L'alcalde del poble va posar punt a l'absurditat.

La Narcisa Peñalver no va moure's.

La Clara va cobrir-se la boca i ara sí que li va tocar el torn d'esclatar en plors.

6

L'Eduard Calvo va contemplar la fossa oberta al cel. Els cossos ja havien estat separats els uns dels altres i reconstruïts, però continuaven estirats en el fons de l'avenc cavat a terra. Una fila de calaveres idèntiques que, en altre temps, havien contingut esperits molt diferents. Formaven un estrany monument a l'odi, aquesta mena d'odi que, com el suro, és impossible de submergir perquè sempre acaba saltant a la superfície. Enmig de la bellesa del paisatge, els esquelets eren un insult, un crit desmesurat.

Va preguntar-se què devien haver pensat aquells homes la nit de la seva mort, 71 anys enrere.

Algun d'ells havia mirat el paisatge?

Jesús Pello, el fotògraf, se les enginyava bé. En cinc minuts ja havia premut més de setanta vegades el disparador de la seva càmera digital. Era menut, àgil, i es movia per allà amb la desimboltura d'un peix a l'aigua. L'Eduard sabia que tenia fetge. Solia aconseguir fos on fos les fotografies més dantesques que hagués vist mai. Les feia totes gairebé ferotgement, en un accés de ràbia i fúria, abans de vomitar. Però primer era la feina. I així en totes les circumstàncies, matances, testimonis de la barbàrie humana.

Ell preguntava, s'enfrontava als vius, escrivia, però en Jesús posava rostre al mal i a l'horror. Era el seu ull el que estava rere la càmera.

L'Eduard Calvo va seguir mirant els cadàvers, atrapat pel xoc.

Aviat se'ls endurien al poble.

Encara que, en aquella aurora tenyida de vermell, pràcticament tot el poble estava allà, al voltant de la fossa d'Els Tretze de San Agustín.

Tretze.

Dotze.

El periodista va arrufar les celles.

Va tornar a comptar-los, de dalt a baix, i el resultat va ser el mateix.

Va mirar la fossa, el seu perímetre. S'havia excavat molt més enllà del lloc que ocupaven els morts, aprofitant que la terra rogenca i argilosa era molt tova. Tota la clotada mostrava les empremtes dels treballs de recerca durant els dies previs al descobriment. Així i tot, que faltés un dels esquelets...

Per què se l'havien endut, ja?

–Qui és el cap del grup? –va preguntar a una de les noies que continuava treballant a la fossa.

–What?

–Chief... The boss...

La noia, una preciositat rossa coberta de terra de cap a peus tot i ser tan aviat, li va assenyalar un home situat en un dels cantons. S'ho mirava tot amb els braços plegats i una expressió de gravetat al rostre. El periodista va memoritzar el primer detall mentre s'hi acostava: «Majoria de joves estrangers en les excavacions que s'estan fent a tot el país». A vegades la vida era sorprenent.

–Bon dia, em dic Eduard Calvo. –Li va allargar la mà en aturar-se davant seu.

–Juan García –li va correspondre el gest.

–De l'Associació per a la Recuperació de la Memòria Històrica?

–Sí.

–Li importa...?

–És periodista?

–Sí –i li va dir el nom del diari.

–No és un bon moment, encara que entenc que vostès necessitin cobrir la informació al més aviat possible –va resignar-se el cap del grup.

–Estic preparant un article més extens, per al dominical. Puc esperar.

–Li ho agrairia. Avui serà un dia complicat. Els hem de traslladar al poble.

L'Eduard Calvo va mirar al seu entorn. Era el primer. Potser perquè havia matinat, o pel que fos, era el primer. En Jesús també era l'únic professional que feia fotos.

O tal vegada Els Tretze de San Agustín eren menys notícia del que es creia.

Tot i que escasses, les tombes s'anaven obrint de mica en mica per tot Espanya, i cada una tenia la seva història.

–Puc fer-li només una pregunta?

–És clar.

–On han dut el cos que falta?

L'home de l'ARMH només va alçar la comissura esquerra dels llavis. La ganyota no estava exempta d'indefinició. Els seus ulls van passejar-se pels esquelets desenterrats el dia anterior. No semblava que tingués ganes de bromejar, i malgrat tot el to de la seva veu mesclava la ironia amb la incredulitat quan va dir:

–No falta cap cos, amic. N'hem desenterrat dotze. Ni un més, ni un menys.

L'Eduard Calvo va assimilar la novetat de la informació.

–M'està dient que, després de tants anys, Els Tretze de San Agustín en són... dotze?

–Vet aquí. –En Juan García va deixar de mirar els cadàvers per clavar-li els ulls.– Segons tot el poble, els testimonis que encara queden, la mateixa història... n'eren tretze, no dotze: tretze.

–Aleshores...?

No era una pregunta, només l'efecte de la sorpresa. La mateixa que encara reflectien els ulls de l'home de l'Associació per a la Recuperació de la Memòria Històrica responsable del descobriment.

7

La casa era molt senzilla, humil. Una casa de poble, antiga, construïda amb parets gruixudes i finestres petites per mantenir la calor durant els durs hiverns i la frescor en els estius calorosos. L'aire de fora era net, de muntanya, tan pur que feia mal als pulmons dels urbanites que hi arribaven de la ciutat. Allà dins, però, se sentia l'olor del temps, d'una edat comprimida entre els murs de pedra. Aromes i sabors, menjar i passat, a penes sense present, lluny d'un possible futur. La vida es mostrava adormida i les dues dones semblaven existir-hi d'acord, tancades en un món que, de sobte, s'havia poblat amb un dolor renascut.

L'Eduard les va estudiar. Era bo en psicologia, en el reconeixement de detalls, signes externs, tons de veu, mirades, gestos. La forma com es vestia una persona o la manera de comportar-se retrataven el seu interior tant o més que les empremtes digitals l'exterior, o el codi genètic el perfil humà. La Narcisa Peñalver era una vídua de l'Espanya profunda. La Clara Crespo, una separada de l'Espanya moderna, encara que en un poble. Ja li ho havien dit abans de trucar a la casa. Dues dones soles.

Sense ningú a qui plorar ni enterrar després de l'obertura de la fossa suspesa durant 71 anys damunt la consciència del poble.

–És molt jove per ser periodista –va dir la dona gran.

–No tant. És que faig cara de nen. Ja he passat dels 25.

–El meu pare també era molt jove aleshores, molt més que vostè. –La Narcisa Peñalver va aixecar-se de la taula i va dirigir-se a la xemeneia, ennegrida per l'ús i amb una pila de troncs a prop de la llar esperant els freds hivernals. Sobre l'ampla lleixa de pedra s'alineaven diverses fotografies amb els seus marcs corresponents. En va agafar una.

L'Eduard no va esperar que la hi apropés. Va aixecar-se i va anar al seu costat per acompanyar-la. La Clara Crespo no va voler quedar-se sola a la taula i també va aixecar-se.

–Aquesta foto la hi van fer pocs mesos abans que esclatés la guerra. La meva mare amb prou feines estava embarassada de mi. Tenia 21 anys.

A la imatge, hi apareixia un home atractiu, somrient, de rostre noble, vital, que lluïa les seves millors gales per a l'ocasió. Una fotografia d'estudi, en blanc i negre, retocada segons els cànons de l'època.

–Vostè s'hi assembla –va dir l'Eduard a la filla.

–Tenim uns bons gens –va fer un somriure afeixugat–. Però qui més els ha heretat és en Germán.

–Qui és en Germán?

–El meu fill –va dir la Clara Crespo–. Miri.

Va agafar una altra fotografia de la lleixa, aquesta situada a l'extrem oposat. A la foto en color, recent, feta en una festa, probablement d'aniversari, s'hi veia un noi d'uns catorze o quinze anys, de rostre obert, desimbolt, amb els cabells més llargs del normal i molt expressiu.

–On és en Germán? –va preguntar ell.

–A la ciutat. –La seva mare va acariciar la fotografia amb les puntes dels dits.

–Divuit anys, però amb moltes cuques –va lamentar la seva àvia.

–Va, mare.

–Divuit anys –va repetir en to crític–. Diu que això no fa per ell. –Va assenyalar a l'altra banda de la finestra el perfil de les muntanyes, la silueta del poble retallada contra l'espai.– Ni tan sols avui no ha vingut, quan fa més falta que estiguem tots junts. No hi ha manera de localitzar-lo, a vegades.

–Mare...

L'Eduard va sentir-se atrapat entre les dues dones. La filla del desaparegut de la fossa d'Els Tretze de San Agustín i la mare d'un altre fill, no tan desaparegut però sí fugit a la capital, devorat per la modernitat i el reclam d'una vida millor o més lliure.

–Em poden donar un got d'aigua? –se li va acudir de dir per trencar aquell punt d'inflexió.

–Ai, sí, perdoni! –La Clara Crespo va ser la primera a reaccionar.

La van veure desaparèixer cap a la cuina. Gairebé a l'instant va sentir-se el dring d'un got i el soroll d'una aixeta que s'obre i l'omple d'aigua.

–L'aigua d'aquí és molt bona –li va aclarir la Narcisa Peñalver–. De mina.

Van deixar les fotografies, la d'en Damián Peñalver i la d'en Germán, el seu besnét, abans de tornar a la taula. La Clara Crespo va reaparèixer amb una safata on hi havia el got d'aigua i un tovalló. La va deixar sobre la taula, al costat de la gravadora i la llibreta del periodista.

–Els fa res que gravi? –va preguntar-los.

–No, no. –La dona gran continuava portant la iniciativa.

L'Eduard va beure's la meitat del got d'un primer i llarg glop. Tenien raó. Era molt bona, i fresca, com si l'haguessin tret de la nevera.

–Pot dir-me els noms complets de tots vostès?

–El meu pare era Damián Peñalver Frutos, i la meva mare Consuelo Álvarez Fornells. Feia un any que eren casats quan va començar la guerra. Jo vaig néixer dos mesos després, el setembre del 36. Em vaig casar amb Eugenio Crespo López, descansi en pau, i vaig tenir la Clara.

–El meu marit i jo ens vam separar fa cinc anys –va intervenir la Clara–. Maximiliano Fuentes Sánchez. Se'n va anar a treballar a Mèxic però va tornar a Espanya. Vaig tenir dos avortaments abans que nasqués en Germán. Aviat farà 19 anys, el mes que ve. –Va mirar la seva mare com si li ho recordés, perquè feia uns moments havia dit que en tenia 18.

–Saben què pot haver passat?

No era la pregunta més adequada, però és que no en tenia cap altra per començar.

Ja ningú no parlava de res més a San Agustín del Valle.

–Com vol que ho sàpiga? –va balbucejar l'àvia, gairebé sense veu.

–Un cadàver no desapareix així com així.

–Els van torturar, els van humiliar, els van disparar, van caure uns damunt dels altres. Després van obrir la fossa i els van tirar a dins. És tot el que se sap, el que va ser i el que va passar. I sempre han estat tretze. Sempre.

–No pot ser que l'enterressin a part?

–No –va dir l'àvia.

–S'han excavat alguns metres més, al voltant dels cadàvers, fins a les roques –va replicar la filla–. I tampoc no tindria sentit.

–Tampoc no en té que aquest cos hagi desaparegut –va dir el periodista.

Les dues dones van quedar-se sense resposta. No la tenien. La Clara Crespo va contemplar la gravadora, igual que si la hipnotitzés. La Narcisa Peñalver va fer lliscar la mirada en direcció a les fotografies de la xemeneia. La va centrar en la de l'home el cadàver del qual, suposadament, havia romàs 71 anys en la fossa de la clotada.

Algú va trucar a la porta.

–Oh, me n'havia oblidat –digué l'Eduard Calvo–. Els fa res que el meu fotògraf els faci unes instantànies?

GERMÁN

8

La veu de l'encarregat no era amable gairebé mai. Cridava i punt. Ningú a la pizzeria no recordava haver-lo vist somriure, o mostrar-se content per res. Duia el rellotge penjat al coll i a l'ànima, i el seu lema era sempre un rotund: «serveix les pizzes abans que te les demanin». Amb el seu nom, Agripino, es feien tota classe de jocs o rimes fàcils i se li buscaven els sobrenoms més peculiars, des de l'Agre i l'Amargat fins el Bitter, 'amarg' en anglès.

Aquest cop, malgrat tot, el to va ser diferent.

–Germán!

Quan estava molt enfadat, o quan esbroncava, deixava anar els noms com una fuetejada, de forma seca i dura. En aquesta ocasió va allargar la segona vocal de manera que la paraula va fluir com una música completada per l'ascens i el descens.

El noi, amb les pizzes gegants ja ficades dins la bossa per al transport a la motocicleta, va aturar-se quasi a la porta i va girar el cap.

–Què? –va témer el pitjor.

–Vine aquí.

No era una hora punta. La saturació del migdia ja havia passat. Quedaven els endarrerits, els que dinaven tard o, potser, els que sopaven molt abans del capvespre. La majoria dels repartidors descansava o se n'havia anat, per reaparèixer en el següent torn i portar les comandes per tot el barri. L'encarregat es permetia el luxe de llegir el diari.

–Què passa? –s'hi va acostar.

–I tu, des de quan ets famós? –Va semblar que li escopís cada paraula.

–Jo?

–Germán Fuentes Crespo –va llegir l'encarregat.

El noi va inclinar-se part damunt del diari.

Va veure la seva àvia i la seva mare, a la casa del poble, casa seva fins feia pocs mesos. Les havien fotografiat al costat de la xemeneia, una a cada costat, amb els retrats de la família entre les dues. L'àvia Narcisa sostenia el del seu pare mort durant la guerra, en Damián. La mare un on apareixia ell, la foto de l'aniversari de feia gairebé tres anys.

No va entendre res, i amb prou feines va poder llegir el titular.

–«El mort que no ha existit mai»?

–Quines històries amagues tu, eh? –va burlar-se l'encarregat.

–Ostres, i jo què sé...

–Aquí diu que el teu besavi va ser un màrtir de la guerra, que va plantar cara als rebels, que el van matar perquè era «roig» i el van ficar en una fossa comuna, però ara resulta que no hi és. Ja em diràs.

La vella història familiar. «Els Tretze de San Agustín». Tota la vida sentint-la, veient com l'àvia assenyalava la clotada i repetia sempre, una vegada i una altra: «Està allà, allà mateix. El meu pobre pare». Una història que a vegades l'havia arribat a asfixiar, perquè els esclafava des del passat.

–No sabia ni que haguessin desenterrat aquesta gent –va rondinar incòmode.

Quant feia que no els trucava?

Encara que total, per què? Les converses sempre eren les mateixes.

–Si et fas famós i tot aquest rotllo no t'oblidis de la publicitat. –Li va donar un cop a l'esquena.– Aquí es fan les millors pizzes, que t'ho dic jo.

En Germán va llegir el petit text, ben de pressa. No volia continuar allà amb l'encarregat, per precaució, i més tenint una comanda per servir. Les paraules de l'article van penetrar d'una a una a la seva ment, buscant lloc entre la sorpresa i la sensació que alguna cosa no acabava d'anar a l'hora.

–Faré tard. –Va apartar-se de l'home per tornar amb la motocicleta i la comanda.

–Ets una caixa de sorpreses! –va tronar la veu de l'encarregat. I va continuar amb la seva, cridant a tots els altres:– Ei!, heu vist això? El Germán és besnét d'un fantasma!

El noi va posar-se el casc, va assegurar-se que la bossa amb les pizzes estigués correctament fixada i va arrencar la moto igual que si fugís d'un foc.

Solia «fotre-li canya», donar gas al màxim, esquivar cotxes i vianants com simples obstacles instal·lats al seu pas entre la comanda i el client.

Però aquesta vegada s'hi va jugar el coll, almenys dues vegades, abans no va arribar al seu destí.

9

Quan va marcar el número de telèfon va començar l'acceleració.

Era extraordinari. Ni tan sols no ho podia entendre. El record del poble, l'olor de casa seva, les imatges de l'àvia i de la seva mare ficades al cap, qualsevol cosa que li ho recordés li produïa el mateix efecte. Pols accelerat, nervis, inquietud...

Ràbia.

Li era difícil d'assimilar.

Ni tan sols no entenia per què l'avorria tant tot allò.

Va omplir els pulmons d'aire una, dues, tres vegades. Fins i tot va tancar els ulls abans de marcar el darrer número. S'assegurava sempre de no equivocar-se i gastar els diners en va. No en tenia. Sempre anava just. Però preferia trucar ell i no pas que elles sabessin on localitzar-lo i com, perquè aleshores l'atabalarien cada dia. Fill únic. Nét únic. Els havia dit que al pis que compartia no tenien telèfon, i que de moment no tenia diners per pagar-se un mòbil. Aquesta era la seva garantia, la seva seguretat.

–I ara, calma –va dir-se en veu alta.

Va sentir el zumzeig a l'altra banda de la línia i va imaginar-se la sala, el vell telèfon gris penjat a la paret, l'àvia sortint de la cuina o la mare entrant corrents, amb les botes d'aigua plenes de fang. Al tercer to va pensar que potser no hi eren. El diari parlava de «commoció», «tensió continguda», «emoció a flor de pell». I no només pel descobriment dels cossos, sinó per l'absència del que, de sobte, donava als fets el perfil d'un misteri sorprenent.

En Damián Peñalver, l'avi de la seva mare, el pare de l'àvia.

Va esperar un quart to.

Aleshores sí, va sentir la veu de la seva mare, amb la respiració agitada.

–Sí?

–Sóc jo, mare.

–Germán, fill!

–Com esteu?

–Ha passat una cosa...!

–Ja ho sé –va aturar-la–. He vist el diari. Per això us truco. I l'àvia?

–Tu què creus? –La va notar accelerada, més que de costum quan li telefonava.– Primer arriben aquí, es posen a excavar amb permisos i tota la pesca, passen els dies. Després troben els morts, qui més qui menys es mor dels nervis, l'àvia la primera. I aleshores va i et diuen que ell no hi és, que hi ha dotze cossos, que...

–I no pot ser un error?

–Li van trencar un braç i les dents de dalt! Són dotze, i cap d'ells té un braç trencat ni li falten les dents de dalt, Germán! El teu besavi no era allà!

–Doncs on és?

No hi va haver cap resposta, només un sospir, llarg, prolongat. No sabia si la seva mare plorava.

–Els morts no desapareixen, mare –va buscar la manera de tranquil·litzar-la, però no ho va aconseguir.

–Quan vindràs?

–Per què he de venir?

–Germán, per favor...

–No, mare. Per què he de venir?, digues-m'ho.

–Et necessitem!

–Per a què?

–El teu lloc és aquí, amb l'àvia i amb mi!

–I vols que perdi la feina?

–Els enterraran a tots! Has de venir!

–Mare, si el besavi Damián no és entre ells, no veig per què he de venir. Què hi faré al poble? Les coses em van bé. No utilitzis ara això per fer-me xantatge, d'acord?

–No t'estic fent xantatge –va dir ella amb aflicció.

–Per què no confies en mi? –li va correspondre amb el mateix to.

–Encara no has fet els dinou...

–Això ja ho hem discutit, mare. –Va sospirar aixafat pel cansament.

–Si et tornes a ficar en embolics...

–Va ser un error.

–Que pot repetir-se.

–Tranquil·la.

–Oh, sí, tranquil·líssima. –L'afectació la va dur a un perillós clímax que va estar a punt de trencar-se.– El meu fill se'n va de casa, just acaba d'arribar a la ciutat i diu que «ha comès un error», el poble està cap per avall, l'àvia està destrossada i em dius que estigui tranquil·la, així de fàcil.

–Mare, uns van a estudiar a la universitat i altres a buscar-se la vida, i això és el que he fet jo. I no ho discutim més, si us plau –va dir revestint-se de paciència–. El que ha passat amb això de la fossa i el besavi Damián és... fort, increïble, però què vols que hi faci, jo? Aquí no hi pinto res.

–És casa teva.

–Mare, he de penjar. Només volia que sabéssiu que estic bé, que sé què ha passat, que n'estic al cas. Trucaré demà o demà passat, t'ho prometo, per veure com va tot.

–Fill, això és el més important que ha passat al poble des de fa anys.

–Tranquil·la. Tot tindrà una explicació lògica.

–Espera, avisaré la teva àvia.

–No puc, estic a la feina i m'esbroncaran.

–Germán!

–Tornaré a trucar-te, d'acord?

–Necessites res? No sé...

–Mare –el to va ser de fastig–, després dius que et truco poc. Vols agafar-t'ho amb calma i relaxar-te? No passa res. Estic bé. No passa res, ja està!

Ara sí que la va sentir plorar.

–Un petó –va dir acomiadant-se molt ràpid–. T'estimo.

10

De tots els dubtes que tenia, les preguntes que es feia i les incerteses que l'agitaven, aquella era la més singular.

I tenia un nom propi.

Raquel.

Va aturar la motocicleta de la pizzeria just a temps, en el moment en què s'obrien les portes de l'institut i els nois i les noies sortien a fora. Un eixam d'adolescents ben alimentats, feliços, somrients i amb la desimboltura dels que encara no tenen l'obligació de preocupar-se de res, tret de fer veure que estudien.

En Germán havia odiat l'escola, fins a l'infinit.

Era posar un peu a la vorera, fora dels límits del centre, que semblava que es disparés una alarma, sobretot entre les noies. Unes treien els mòbils, per veure si tenien missatges o per enviar-ne, altres els paquets de tabac, per encendre el seu primer cigarret en llibertat. L'únic que ell no feia era fumar. Ho considerava d'imbècils, d'entrada, per la despesa, però també per la pudor, i finalment per la salut. No estava disposat a morir amb un càncer de pulmó als 40 anys. Moltes de les estudiants ni tan sols havien fet el pas a l'adolescència, eren criatures de 12 o 13 anys.

Va buscar la Raquel, però no la va trobar.

I continuà contemplant aquell riu de vanitats, inseguretats i desimboltura.

La majoria d'elles eren guapes, amb formes de dona, i lluïen els seus encants amb pròdiga generositat. Faldilles curtes, tops o samarretes de disseny, escots pronunciats, cabells llargs, pells suaus, llavis bonics, ulls càlids, maquillatges més o menys acusats en algunes noies, les més grans... Ells també mostraven certa classe, duien texans cars, sabatilles de marca, camises difícils de trobar en les botigues de barri...

Gent pija per a un institut pijo.

En Germán va escopir a terra.

Potser si hagués anat a una escola com aquella, amb bons professors, amb companys de veritat i noies amb qui intimar, tot hauria estat diferent. Però al poble...

El maleït poble.

La Raquel va sortir de les últimes, flanquejada per les dues seves inseparables. Sempre anaven juntes, les tres. Una morena, una rossa i una pèl-roja. La Raquel era la pèl-roja.

La cosa més bella i excitant que podia recordar.

I des que va arribar a la ciutat, l'única que no el tractava com a un pagès de poble, sinó com a un col·lega, i prou.

Encara que ell n'estigués penjat i que se li notés.

Va continuar damunt la motocicleta, a la vorera del davant, observant-la. Sabia que l'havia vist, però es feia la despistada, parlava amb les seves companyes, reia amb aquella llibertat tan seva, tan vital i extravertida, tirant el cap enrere i escampant la seva immensa cabellera per damunt les espatlles. Pur foc. Estava gairebé segur que a ella també li agradava. Gairebé. Però si no era així, per què acceptava que l'anés a buscar quan podia, i que l'acompanyés a casa, i que a vegades fins i tot quedessin el dissabte?

A vegades.

Dues.

La Raquel va posar-se a caminar per la vorera sense mirar en la direcció on era ell.

Va haver de decidir. Aguantar el pols i perdre l'oportunitat o resignar-se i cedir en cas que fos un joc.

Va cedir.

–Raquel!

Ella va mirar cap on era ell. El seu rostre va il·luminar-se. No recordava haver-la vist enfadada, trista o preocupada per res en aquell darrer mes, des que es van conèixer. Mai no s'havia imaginat que pogués tenir la més petita oportunitat, i així i tot, aquí estava.

La Raquel va acomiadar-se de les seves dues companyes.

Va creuar el carrer.

Les seves amigues se'l van mirar, serioses, greus. La morena va dir alguna cosa a la rossa. Van posar-se a riure. En Germán va tenir ganes d'atrapar-les i preguntar-los de què reien. Tenia ganes de...

Va oblidar-se'n.

–Hola, què fas aquí? –li va preguntar la Raquel en arribar al seu costat, com si fos la primera vegada que l'anava a buscar.

11

No vivia lluny de l'institut, així que el passeig a penes durava set o vuit minuts. Depenia de la intensitat de cada passa. Alentint-les al màxim, a vegades arribaven als deu minuts. La Raquel parlava més. A ell li agradava escoltar-la.

–...així que li he dit que no era just, que si em mereixia el notable que me'l posés i no m'ho fes pagar a mi.

–I te l'ha posat?

–No! –Els seus ulls eren especials, i en obrir-los amb tota la seva incredulitat van llançar una onada d'energia.– Oi que és increïble?

–Clar.

No sabia de què li parlava, però tant era. Matemàtiques, llengua, ciències... Li mirava els llavis, el moviment, l'harmonia de tot el conjunt, aquella suau i humida finor, i sentia la imperiosa necessitat de besar-los.

El que més li dolia era estar-ne penjat.

I sentir-se idiota amb totes les lletres.

La Raquel va continuar parlant, però aviat no la va sentir. Pensava en el poble, en la fotografia del diari, en el tema de la fossa i la misteriosa absència del seu besavi entre els morts. D'una banda, ho volia explicar a la Raquel. Un cop que tenia una novetat valia la pena aprofitar-ho. Però d'altra banda... no li podia ensenyar aquella fotografia. La seva àvia endolada i trista, la seva mare preocupada i trista. Les dues en una casa vella, sostenint el retrat d'un caigut de la guerra civil el cadàver del qual de sobte no existia, i la foto d'un viu que no tenia on caure mort. A la mare de la Raquel l'havia vist només una vegada, dies enrere, sortint de casa seva just quan entrava la seva filla, i era tota una senyora, alta, elegant, guapa, presumida. Una dona de cap a peus, gairebé tan bonica com la seva filla.

Va mirar a terra.

S'avergonyia de la seva àvia i la seva mare.

S'avergonyia de si mateix.

Va prémer els punys amb ràbia sense que ella se n'adonés.

–Què et passa?

Va amagar-se els punys. La Raquel sostenia els llibres i ell no sabia què fer amb les mans. Un dia s'havia ofert a dur-li els llibres, a l'estil cavaller, i ella s'hi havia negat. Va posar-se-les a les butxaques. La primera vegada va fer el camí empenyent la motocicleta per la vorera. Ara la deixava davant l'institut i després l'anava a buscar.

–Ha passat una cosa –va rendir-se.

–Ja et notava preocupat.

–Un dia vas preguntar-me d'on era i et vaig dir de San Agustín del Valle.

–Un nom preciós, sí.

–Doncs avui sortim a la tele i als diaris.

–De debò? –La Raquel va alçar les celles.

–A la guerra civil hi va haver una matança al poble. –Va buscar la millor manera d'explicar-li-ho.– Van morir tretze homes, entre ells el meu besavi, el pare de la meva àvia Narcisa. Els van afusellar, els van ficar en una fossa a la muntanya i això va ser tot.

–Una fossa d'aquestes que ara estan obrint?

–Sí –va assentir en Germán–. La del poble la van obrir fa un parell de dies.

–Que fort!

–Sobretot perquè al poble corre tota una llegenda al voltant d'Els Tretze de San Agustín, per la resistència que van oferir, perquè van lluitar fins al darrer alè, i amb el temps tot això va acabar convertint-se en una mena de mite, saps? Van aguantar nou dies el setge dels altres, i cap d'ells no va patir ni una rascada. Res. Van rendir-se quan es van quedar sense les municions de les escopetes de caça, i sense aigua ni menjar. Aleshores els van torturar i els van matar.

–Au, calla! –va estremir-se.

–Bé, era el que es feia.

–I ara la teva àvia i la teva mare...

En Germán la va mirar fixament. S'alegrava d'haver-li-ho explicat. De sobte, el protagonista era ell, no ella i el seu institut, ni els exàmens, ni el seu món perfecte. Si aconseguia evitar que veiés la fotografia del diari...

–A la fossa només s'hi han trobat dotze cossos. El del meu besavi no hi és. Ha desaparegut.

La Raquel va aturar-se a la cantonada. Casa seva estava a la vista. Era un edifici noble, amb estampa de qualitat. El seu pare era empresari, tenia un negoci o alguna cosa per l'estil. La seva mare anava a un gimnàs i pertanyia a un parell d'associacions benèfiques. Treballava desinteressadament en una ONG. També hi havia un germà petit, d'onze anys, cinc menys que ella.

–Què vols dir que ha desaparegut? –va vacil·lar la Raquel.

En arribar a casa seva no solia quedar-se parlant amb ell al carrer. S'acomiadava ràpidament. Aquest cop semblava diferent.

En Germán va escurar el seu protagonisme.

Ho havia d'aprofitar i demanar-li una tercera cita, el dissabte.

12

Va aturar la motocicleta sobre la vorera, va apagar el motor, va guardar-se les claus i va procedir a extreure de la maleta posterior les capses vermelles que guardaven les pizzes calentes. Després va acostar-se al portal.

Un conserge nocturn li va barrar el pas.

–Senyors Cuenca, tercer segona –li va dir ell.

El conserge va apartar-se. En Germán va passar per davant seu i va arribar a l'ascensor. Mentre esperava que baixés de les altures va mirar el vestíbul, les butaques, el sofà, la taula de vidre amb suport de bronze, el llum a joc, les plantes tractades i exuberants. Allò devia valdre més diners que tot el que hi havia al pis que compartia amb en Justo i en Plácido, inclòs el mateix pis. El terra i dues de les parets eren de marbre blanc. Les altres, amb vidres, permetien veure el carrer i la rampa de l'aparcament. A l'exterior, en un angle mort del mateix edifici, va veure un BMW i un Porsche.

El que tenia de bo la pizzeria era la zona. Els barris alts més purs. Bones propines.

I alguna cosa més.

Va entrar a l'ascensor i va prémer el dígit del tercer pis. Va examinar-se l'aspecte al mirall. El seu atractiu el salvava. Això era important, encara que no suficient. Si no fos per això la Raquel no seria la seva amiga, ni hauria acceptat de tornar a sortir junts. Si no fos per això no tindria la més mínima oportunitat amb el seu àngel. Al poble sempre havia tingut èxit amb les noies, des dels tretze o catorze anys. Però a la ciutat l'atractiu no era res més que un obrellaunes. Després...

Va sortir al tercer pis. El conserge ja els devia haver avisat pel telèfon interior, perquè la porta estava oberta. Va aturar-se en el llindar i, per si de cas, va trucar al timbre.

–Ja vinc! –va sentir una veu llunyana.

Va estudiar el lloc. El rebedor era tan gran com una habitació de matrimoni. Gairebé com una sala d'estar d'una casa palatina. De fet era més gran que el seu sòrdid piset compartit. Un passadís sortia cap a la dreta, i s'hi veien alguns quadres amb llums pròpies que hi incidien. Quadres bons. No entenia ni un borrall d'art però es notava, com es notava que els mobles i els adornaments del rebedor eren de classe. Va estirar el coll i va intentar veure el final del passadís. Va acabar entrant sense manies. El pis era gegantesc. Al lluny va arribar a veure un piano, un moble ple d'objectes de col·leccionista, pedres, antiguitats o alguna cosa així, i també diverses estatuetes gregues, romanes, orientals...

Va fer una passa enrere.

L'alarma estava a la seva esquerra. A la pantalleta vermella hi apareixia el número 7983.

Va tornar a la porta en sentir la remor d'unes passes.

–Perdona, ja sóc aquí. –La veu d'una dona va precedir la seva aparició pel passadís.– És que així t'ho dono just, i llest.

Era jove, vint o vint-i-dos a tot estirar, i gairebé tan guapa com la Raquel, com si la gent de classe tingués assegurat un plus de qualitat. Duia uns pantalonets curts i una samarreta molt ajustats, enganxats al cos, i anava descalça. Uns peus bonics.

–Són 37,50 –li va dir mentre treia les pizzes i la beguda de les bosses.

–Té, queda't el canvi –li va donar els diners.

–Gràcies.

–A tu, per venir tan ràpid.

Les capses amb les pizzes van canviar de mans, i també els diners. Pel passadís va treure el cap algú més, un home jove, de vint-i-dos o vint-i-tres anys. Anava nu de pit.

En Germán va tornar a mirar la noia.

–Bon profit –li va desitjar.

–Merci, fins aviat.

Va trobar-se al vestíbul, amb una bona propina de 2,50 euros, amb aquella sensació a l'ànim que a vegades se li repetia, pensant en la Raquel, sabent que quan es fiqués a l'ascensor tornaria a ser el que era: un repartidor de pizzes, un somniador, un rebel, una merda...

7983.

Va baixar a peu els tres trams d'escala, va passar per davant del conserge que li llançà un somriure de gos, ple de dents i sense ànima, i va pujar a la moto disposat a tornar a la pizzeria a buscar una altra comanda.

13

No podia treure's la Raquel del cap.

La imaginava, la somiava, la veia. Tancava els ulls i era allà, a la seva ment, omplint-la-hi de fantasies. Podia ensumar-la, podia sentir-la, podia notar cada frec de la seva pell, tot i que fins aleshores no havien estat res més que això, frecs, en caminar, en donar-li la mà per ajudar-la a aixecar-se quan s'havien assegut a la gespa del parc, en robar-li un sospir sense que ella se n'adonés.

Si no li importés s'hi hauria llançat.

Era la primera vegada a la vida que tenia por de perdre-hi. Adéu a la seva seguretat, a l'aplom amb què sempre s'havia enfrontat a les coses. La vida a la ciutat li mostrava la primera trampa.

I li era impossible alliberar-se d'ella.

–N'estàs penjat –li va dir al seu altre jo reflectit en el mirall.

Va escrutar el seu rostre amb atenció. Els cabells arrissats, els ulls grisos, les celles espesses, el nas recte, els llavis ben perfilats, la barbeta quadrada, els trets ferms, cisellats en l'estrany marbre de la seva cara. Un conjunt equilibrat capaç d'arrasar al poble, des de la Matilde, als dotze anys, fins a l'Edelmira, la darrera, abans d'anar-se'n. La seva mare sempre li deia:

–La bellesa, masculina o femenina, és un do, però si no se sap usar, és la perdició.

Per què la Raquel estava amb ell?

No era pels diners, això per descomptat.

En Germán va passejar la mirada pel tuguri on vivia. Amb prou feines hi havia espai per a tots tres, en Justo, en Plácido i ell. Però era això o anar d'okupa, i preferia pagar un lloguer que jugar-se-la. La darrera bestiesa havia estat a punt de costar-li cara. Si cometia un error podia perdre la Raquel.

Però si no li donava alguna cosa més que una conversa agradable, la perdria igualment.

On la portaria el dissabte? Amb quins diners? I si els demanava prestats a l'encarregat, o a un dels altres repartidors? A en Justo i a en Plácido, impossible. Estaven igual d'escurats que ell.

Va deixar el mirall i es va disposar a sortir. Aquelles quatre parets li queien al damunt quan estava sol, sense ningú amb qui parlar. Les esquerdes, la humitat, les goteres quan plovia, la sensació d'ofec, igual que la que sentia al poble però diferent, perquè allà l'espai era infinit mentre que en aquella maleïda golfa penjada en el cel de la ciutat...

El timbre de la porta va arrencar-lo brutalment de l'abstracció.

Va mirar l'hora. Només podia ser un venedor o un veí, i feia dies que no provocaven cap altercat ni feien xivarri, per no haver de tenir més problemes amb ells. La porta del carrer no tancava, així que qualsevol era capaç d'esmunyir-se a dins.

Qualsevol.

–Qui és? –va acostar el rostre a la fusta.

–Obre. Som nosaltres.

Va tancar els ulls i se li va accelerar el cor. No podia escapar-se. I si hagués pogut tant era, de fet. Ells l'atraparien igualment. Eren pacients. Va comptar fins a tres, va respirar i va obrir la porta.

–Hola, col·lega –va saludar-lo en Mateo.

–Com et va? –va dir en Fede.

Va apartar-se perquè poguessin entrar. Era la primera vegada que anaven a casa seva, així que s'ho van mirar tot amb atenció, encara que en van tenir prou amb un cop d'ull. En Mateo va ser el primer a girar-se, obrir els braços i deixar-li anar:

–Vius en aquesta merda?

–Temporalment. La meva suite en el Palace està en obres. –Va tancar la porta i s'hi recolzà amb els braços plegats.

–Ets ràpid –va posar-se a riure en Mateo–. És una de les teves qualitats.

–Teniu priva? –va preguntar en Fede.

–No.

El noi va buscar la nevera inexistent. Va alçar les celles i remugà per sota el nas. En Germán va passar d'ell. En Mateo era el cap.

–Com va tot, xaval? –li va dir mentre seia en una de les tres cadires, totes diferents, tretes d'un contenidor no feia ni dues setmanes.

En Germán va arronsar les espatlles.

–T'has pensat el que et vam proposar? –El visitant no va perdre el temps amb xerrameques inútils.

–No –va dir fingint indiferència.

–Menteixes.

En Mateo parlava des de la distància. Utilitzava expressions com «col·lega», «xaval», «camarada», però no les sentia, només les utilitzava per emparar-se, com a bandera i escut. Somreia amb fredor i es posava seriós i amb rostre greu. A vegades, com ara, en tenia prou amb una paraula per traçar la línia. En Fede va col·locar-se a la seva esquena, al costat de la finestra.

En Germán va enfrontar-se a tots dos.

–D'acord, ho he pensat –va admetre–. Però la resposta és no.

En Mateo ja tenia els 20. En Fede 19. Eren molt diferents. El primer mostrava una complexió grossa, amb bons quilos de més, el rostre rodó, el nas arromangat i els llavis molt carnosos. Duia samarretes sense mànigues per lluir tots els tatuatges i unes esportives molt aparatoses. En Fede estava molt més prim, ossut, pòmuls marcats, nas de ganxo, ulls sortits i el cos malgirbat. Pel carrer havia sentit que els anomenaven «el punt i la coma», però no en presència seva, és clar. No duia armes, però els punys d'en Fede eren com dues maces.

–Vinga, tio. –En Mateo va fer un gest de descontent.– De què tens por?

–Ja la vaig cagar una vegada. No vull problemes.

–La teva part és fàcil –va dir en Fede–. Som nosaltres qui ens la juguem.

–I si us enxampen, què?

–Ens creus capaços de cantar?

–No ho sé. –No va voler dir-los que sí, que sabia que ho farien.

–I qui parla d'enxampar-nos? –va manifestar en Mateo amb aires de suficiència.

–No ens han enganxat mai –va proclamar en Fede amb orgull–. Estem nets.

–Molt bé, però no vull.

–Per què?

–Ja us ho he dit. No la vull cagar.

–Germán, Germán... –La veu d'en Mateo va omplir-se de condescendència.– Tu només has de fer una ullada, res més. Una mirada. Després ens ho dius i llestos. Més senzill, impossible.

–Nosaltres fem la resta –va insistir en Fede–. Entrem, ens ho enduem i ho col·loquem. I després, cobrem.

–Ningú no sospitaria de tu.

–I a mi quant em tocaria?

Va sentir-se a si mateix fent la pregunta i gairebé va sorprendre's.

–Un cinc per cent del total que ens paguin a nosaltres.

–Un cinc per cent? –va remugar mentre notava aquella suor freda que sorgia del seu interior.

En Mateo va fer una riallada. Va alçar-se, va acostar-se a ell i li va posar les mans a les espatlles.

–Veus com t'interessa, home? –li va dir donant-li una suau clatellada amb la mà dreta.– Només t'estava provant. A tu et tocaria un deu per cent. I et puc jurar que sempre és un bon pessic.

–Si anem a preu fet, segur. –En Fede va concloure una vegada més la frase del seu company.

En Germán va pensar en la Raquel, el dissabte, la mala bava que tenia abans que ells arribessin.

Ara el que més desitjava era treure-se'ls de sobre.

–Deixeu que m'ho pensi, ok?

–Quant? –En Mateo seguia amb les dues mans sobre les seves espatlles.

–No ho sé! Uns quants dies!

El noi va mantenir-li la mirada. En Germán la va sentir com un tret de plom a la seva ment. Ni tan sols li agradaven, en Mateo i en Fede. Però allà els tenia.

Per alguna cosa.

–Necessites diners?

–No.

–Segur?

–Sí, segur.

–Serem un equip –va dir seriosament, responsable, com un veritable camarada–. Un equip en el qual el més essencial serà la confiança. No és bo venir a la ciutat i estar sol. Necessites amics. Tu confia en nosaltres.

–Això serà collonut amb tu, si tu ho ets amb això –va filosofar en Fede.

–Un parell de dies –va rendir-se en Germán.

–Un parell de dies –va repetir en Mateo.

Va tornar a donar-li una petita bufa a la galta, com si segellés un pacte.

Després va abraçar-lo, amb tota la seva humanitat, i li va donar dos o tres cops a l'esquena, ple d'un afecte fraternal.

14

Li havien donat tots els diaris, al bar, abans de tancar, així que s'havia llegit la notícia del dret i del revés a cada un. La fotografia de la seva àvia i de la seva mare només sortia a un diari, el que li va mostrar l'encarregat de la pizzeria. Però a la resta, la notícia apareixia des del rigor dels més seriosos fins al to escandalós dels que ho eren menys. Els titulars eren explícits: «Tretze morts. Dotze cadàvers», «Què se n'ha fet de Damián Peñalver?», «L'heroi volatilitzat», «Un poble commogut per la realitat 71 anys després de forjar un mite»...

En Germán va buscar els dos diaris que havien tractat el tema més i millor. Se sentia atrapat, gairebé embruixat pel cas. Mai no havia parat gaire atenció a les paraules de l'àvia, a la seva història, als seus records, a les seves «batalletes». Cada vegada que la sorprenia mirant en direcció a la clotada, retallada en la distància igual que una frontera real que delimités la presència d'un altre món, li feia l'efecte que ja era massa gran, massa vella, i que vivia de somnis i records, com totes les persones grans. Res més.

I de sobte tot cobrava vida. Es feia real.

La tomba d'Els Tretze de San Agustín sempre havia estat allà.

–Què va passar aquella nit? –va preguntar al diari en un murmuri.

Va acostar el primer diari a la llum i els seus ulls van lliscar per damunt l'article un cop més, la tercera vegada o la quarta:

«El que ha passat a San Agustín del Valle és més que un misteri, és el reflex d'aquesta altra Espanya aniquilada amb la guerra, l'Espanya que els vençuts encara no han pogut recuperar perquè, per més que costi de creure, des de moltes fronteres encara s'impedeix que es tanqui el passat, que les ferides cicatritzin i que els morts puguin descansar en pau. Avui tothom coneix la llegenda d'Els Tretze de San Agustín, rescatada de l'oblit perquè l'exhumació dels cossos ens ha posat de nou en el camí de la memòria. Però d'aquella llegenda heroica, la resistència de tretze homes durant nou dies a l'escola del poble, mantinguda des del 1936 fins a l'actualitat, han transcorregut 71 anys i avui, el que tenim és un singular misteri. Què va passar en aquest poblet, aquells primers dies de l'alçament? Per què van ser tretze herois, tretze torturats, tretze afusellats... i només han aparegut dotze cossos enterrats a la muntanya? On és el cadàver de Damián Peñalver? Quin és el darrer secret d'aquella nit del 27 de juliol de 1936 a San Agustín del Valle?

Possiblement no ho sabrem mai. I és una llàstima.

Una família continuarà preguntant-se on és el seu pare, el seu avi, el cos d'aquell parent arrabassat per l'odi, i això alimentarà el dubte, el pes del dolor, la incertesa i la trista càrrega de no tenir cap tomba on mirar amb orgull per poder oblidar definitivament el passat».

Va deixar el primer diari i va agafar el segon. La fotografia dels dotze esquelets omplia la part dreta de la pàgina. A darrere, a l'altra banda de la cinta que delimitava el perímetre de la fossa, hi veia molts dels seus veïns i coneguts, la gent del poble. I a un costat, alguns dels joves que havien ajudat a desenterrar els morts. Mentre ell fugia a la ciutat, estudiants d'altres països europeus es dedicaven a ajudar en les tasques de recuperació de la memòria històrica d'Espanya.

En Germán va pensar en la incongruència.

Després va llegir:

«El mal entès concepte de la reconciliació instaurat en la transició s'ha cobrat un elevat preu en un tranquil poble desconegut per la majoria dels espanyols. Dirigit per un alcalde a qui no li va tremolar el pols a l'hora de prendre la decisió que altres no s'atrevien a prendre, per por o pel recel del passat, San Agustín del Valle ha volgut passar la darrera pàgina de la seva història, i fer-ho d'acord amb la normalitat que se suposa que ha de ser, avui, enterrar d'una vegada per totes els morts de la guerra civil. Però 71 anys després, potser massa tard, potser encara a temps, aquesta història s'ha revelat inaudita quan en una tomba en la qual es creia i era sabut que hi havia tretze persones, només han aparegut dotze cossos.

Només l'ARMH, l'Associació per a la Recuperació de la Memòria Històrica, té avui damunt la taula més de 2.000

peticions sense poder atendre per obrir fosses de cap a cap d'Espanya a la recerca d'aquests 90.000 desapareguts que se suposa que hi ha enterrats. Hi ha altres grups, com l'ONG Servei Civil Internacional, que miren d'obrir totes i cada una d'aquestes fosses. Però el camí és difícil. Des d'alcaldes que hi posen traves perquè no volen rememorar el passat fins a legislacions que impedeixen obrir aquestes fosses si estan ubicades en cementiris. A Catalunya, per exemple, només 15 de les 150 fosses que hi ha censades compleixen els requisits legals establerts avui en dia per procedir a l'exhumació. Entre aquests requisits hi figura que les fosses han de ser civils, no militars; que han d'estar ocupades per deu persones com a màxim, i que s'ha de conèixer prèviament la identitat d'alguns dels enterrats. Això darrer és en molts casos difícil, al cap de tants anys, perquè els darrers parents dels afusellats ja no són entre nosaltres. Tot i així, Catalunya, juntament amb Andalusia i el País Basc, són les tres úniques comunitats que tenen lleis referents al cas.

A San Agustín del Valle s'ha produït una catarsi col·lectiva. Els més grans del lloc, de sobte, han volgut parlar, deixar-ho anar tot, no callar res més de tot el que han estat callant tots aquests anys. Ha estat la fi de la por. L'alliberament. Els voluntaris, la majoria joves estrangers que passen les seves vacances així, aquests dies acaben plorant davant totes les seves històries. Però més enllà d'aquest poble sacsejat per l'emoció, 90.000 éssers humans continuen esperant, repartits per les cunetes d'una Espanya que es manté cega, sorda i muda davant la seva pròpia història.

Algú va dir que la veritat surt quan es busca.

Doncs som-hi, a què esperem?».

Va deixar el diari a una banda i es va quedar mirant el sostre, esquerdat, a punt de caure'ls a sobre. La foto del seu besavi havia estat sempre a casa, damunt la xemeneia, i ell mai no l'havia mirat més de tres segons, durant més de 18 anys.

–Vols apagar el llum ja? –va remugar la veu rasposa i pesada d'en Justo.

En Germán el va obeir.

Es va quedar tot a les fosques.

Menys el seu cap, ple de la llum de la Raquel que inundava les ombres del passat del seu besavi Damián i la llegenda d'Els Tretze de San Agustín.

EL POBLE

15

Els funerals pels dotze cossos desenterrats de la fossa de San Agustín del Valle s'havien revestit d'alguna cosa més que solemnitat i clamor popular.

En vida i, sobretot, en la seva mort, havien estat dotze republicans fidels i lleials, dotze «rojos», dotze comunistes, cenetistes, ugetistes o el que fossin; tretze d'acord amb la història encara vigent; però ara estaven a l'església, prescindint de les seves creences, amb els seus taüts alineats un al costat de l'altre, separats de l'embolic en el qual romangueren 71 anys sepultats, set d'ells coberts amb banderes republicanes i les mirades dels conciutadans, que abarrotaven el temple sense deixar cap espai lliure.

La veu del sacerdot, dominant el temps i l'espai, parla amb rigor sobre els pecats, el perdó, l'eternitat...

L'Eduard Calvo, assegut a dalt, a la part destinada a un possible cor celestial, contemplava l'endolat centenar de persones que atapeïa la planta de l'església, probablement mai no tan plena com aquest dia. Amb la mà esquerra sostenia la gravadora, en registrant l'homilia del rector. Amb la dreta prenia notes al bloc. A baix, en Jesús Pello, el fotògraf, disparava la càmera movent-se amb certa llibertat per l'altar, buscant angles impossibles o plans reveladors de les primeres files, on romanien els parents dels morts.

El cementiri esperava.

I també el monument, aprovat en el darrer consistori, per honorar la memòria d'Els Tretze de San Agustín.

Perquè per a ells, continuaven sent tretze.

–...a l'hora del retrobament amb les seves famílies, al cap de tants anys, per més que el temps no aconsegueixi esborrar l'amor que en vida...

El periodista va preguntar-se què pensarien alguns d'aquells homes si poguessin obrir els ulls per un instant. En una església, 71 anys després, protagonistes en un món que ja no era el seu, i pel qual havien mort tan impunement.

Va anotar aquesta darrera paraula a la llibreta: impune.

Per més que es digués que la seva sang havia contribuït a propagar el crit de la llibertat.

Impune. Impune. Impune.

Totes les guerres, totes les bogeries bèl·liques deixaven un regueró de paraules buides, gestos grandiloqüents i milers, milions de morts impunes.

L'homilia era llarga, carregada de dramatisme i tacte. Potser el rector també buscava els seus cinc minuts de glòria andywarhooliana units al seu intent personal de no obrir ferides sinó tancar-les. Insistia una vegada i una altra en els seus termes ambigus, contemporitzadors. Parlava d'éssers humans, sense colors, sense banderes. Només éssers humans. Parlava del temps, de la sang, de l'oblit i la redempció. Paraules boniques, però distants. O més ben dit, equidistants. Havia intercanviat impressions amb ell a primera hora, per prendre el pols a la seva opinió personal, i li va semblar un sacerdot de la nova onada, si és que ho podia anomenar així. Generació segle XXI. Malgrat tot, el que deia era massa imparcial.

Retòric.

Va aprofitar per estudiar les notes més recents del seu segon viatge al poble. Els noms dels dotze morts, més el d'en Damián Peñalver, els dels seus familiars, les aportacions forenses més recents i definitives, la certesa que s'havien excavat cinc metres més al voltant de la fossa, sense que aparegués el menor rastre del cadàver número tretze...

En Jesús Pello va deixar de fer fotografies.

Va trobar-se amb els ulls de l'Eduard i tots dos van assentir lleument amb el cap. Això va ser tot.

–...i es pot dir que avui, definitivament, hi som tots.

No era cert, n'hi faltava un.

El periodista va mirar la Narcisa Peñalver i la Clara Crespo. No estaven a primera fila, sinó a la cinquena. No tenien ningú a qui plorar. Era com si el fantasma d'aquell home, el seu pare i l'avi, jugués a fet i amagar amb elles, amb el poble, amb la història d'Els Tretze de San Agustín i amb el passat. Va sentir llàstima per les dues dones. L'últim dels seus descendents, aquell noi anomenat Germán, no hi era. Recolzades l'una amb l'altra, semblaven ànimes en pena, dos saldos de sèrie en les rebaixes de la vida.

Va mirar les altres persones premudes als bancs.

Hi havia estranys, curiosos, periodistes com ell, una televisió, un parell de càmeres, altres fotògrafs...

Un d'ells, un home alt d'uns 30 anys, cabells molt negres, amb una cicatriu a la galta esquerra, enfocava les dues dones una vegada i una altra amb el seu teleobjectiu.

Va oblidar-se d'ell en prosseguir el seu recorregut visual.

Però semblava que aquell home només feia fotos a la Narcisa Peñalver i a la Clara Crespo.

16

La Clara Crespo era una dona nerviosa, activa, però quan hi havia la seva mare al davant s'eclipsava. La deixava parlar a ella.

–Una altra entrevista? –va estranyar-se la Narcisa Peñalver.

–La nostra idea original era fer un reportatge molt ampli, en el dominical, amb profusió de fotografies i declaracions. Quan va descobrir-se que faltava el cadàver del seu pare a la fossa, senyora Peñalver, vam limitar-nos a cobrir la notícia, atesa la immediatesa. Però el reportatge del dominical continua pendent i necessito que me'n parlin una mica més, de tot allò.

Tot allò.

L'Eduard Calvo va adonar-se que era un eufemisme estrany.

–I quan en voldria parlar...?

–He de tornar a la ciutat aquesta tarda. Podria ser ara, o després de dinar? Els asseguro que no les molestaria si no fos necessari, i que miraré de ser tan breu com pugui.

–No, quan vostè digui. –La dona gran va fer un gest de submisa resignació.

–Millor després de dinar –digué la Clara Crespo–. Ara, amb aquesta agitació...

Seguien a prop de l'església, on les havia escomès. Els assistents al funeral mostraven la seva reticència a anar-se'n a casa, parlaven entre si, feien comentaris, ocupaven tota l'extensió de la plaça, el cor i el centre neuràlgic de la vila. Els de la televisió feien entrevistes aquí i allà. El fotògraf de la cicatriu a la galta estava assegut a prop, en un banc, observant-les de reüll. Els nens corrien d'un cantó a l'altre, celebrant la inesperada festa malgrat les llàgrimes i el dolor dels més grans.

–Es troben bé? –va preguntar el periodista a les dues dones.

–Com vol que ens trobem? –L'amargor va fluir igual que un abocament contaminant.– Dotze famílies han recuperat els seus morts. En canvi nosaltres només tenim preguntes sense resposta.

–L'explicació no pot ser gaire complicada –va voler animar-les.

–Tant és –ara va parlar la Clara Crespo–. Si va ser senzilla en el 36, queda clar que ara no ho és, i que mai no sabrem la veritat.

–I si s'escapà?

–La meva mare estava prenyada de set mesos, senyor –va sospirar la Narcisa Peñalver–. Hauria tornat, s'hauria posat en contacte amb ella, el que fos. Tot menys deixar-la sola amb mi i en aquest poble ple d'odi. Vostè sap com s'estimaven?

–M'ho imagino.

–No, no s'ho pot imaginar –va negar la dona gran–. La meva mare solia dir-me que havia valgut més aquella curta vida amb ell que una altra vida sencera amb algú altre. No sé com estima la gent avui en dia. Això ja se m'ha escapat. Però abans era diferent, li ho asseguro. El seu va ser un amor de dedicació i tendresa. Un amor etern. Un amor que en l'actualitat ja no existeix.

–Potser va escapar-se, però amb un braç trencat i, tal vegada, ferit per una de les bales de l'afusellament, va morir en la fugida, o potser fins i tot va salvar-se i va morir més endavant en plena guerra, sense temps per avisar la seva mare del fet que estava viu. Aquesta zona era nacional i ell devia lluitar amb les tropes de la República.

Qualsevol explicació no tenia cap mena de fonament. No era sinó una altra especulació més.

L'Eduard va adonar-se que sobrava, que fins a l'hora de la cita era millor deixar-les soles.

Hi va haver un crit a l'altre costat de la plaça, i a continuació la crescuda d'una clamor sorda i el consegüent enrenou. La paraula «desmai» va sobrevolar-los uns instants. Moltes persones van córrer o caminar fins a la sobtada aglomeració humana. També la televisió i els fotògrafs tot buscant una imatge.

Tots tret del de la cicatriu a la galta, que va continuar assegut amb la seva càmera entre les mans.

L'Eduard va preguntar-se de quin mitjà podia ser. Perquè gaire professional, no ho era.

De sobte va notar alguna cosa més. La Narcisa Peñalver i la seva filla estaven rígides, enravenades com si s'haguessin encartonat. Va seguir la direcció de les seves mirades i va trobar-se amb una altra dona, d'edat semblant a l'àvia. Anava vestida de negre, com elles, i la seva presència, a uns deu metres, destil·lava una patètica amargor. En l'espai que separava les tres dones va formar-se un oceà d'emocions contraposades.

La diferència residia en els seus ulls. Durs com pedres els de la Narcisa, esgotats els de la Clara i angoixosament tristos els de l'apareguda.

–Va, mare –digué la Clara Crespo.

–Què hi fa, aquí?

–Deixa-la.

La mare d'en Germán se la va endur suaument. L'Eduard va quedar-se sol, en terra de ningú. Va semblar que la dona vacil·lava, com si volgués dirigir-se a elles. A l'altre extrem, el tumult pel possible desmai d'algú ja amainava.

Algú va cridar l'apareguda.

–Edelmira!

Ella va girar el cap, va reaccionar, com si es rendís o s'alleugés per la interrupció, i va allunyar-se de les dues dones i el periodista.

17

L'Edelmira González no va dirigir-se a casa seva pel camí més curt i habitual, sinó fent marrada, buscant la millor manera d'eludir els carrers més transitats del poble, encara que en un dia com aquell tots els carrers ho estaven. A les cases no hi devia quedar ningú. Fins i tot la temperatura era deliciosa, agradable, lluny del fred i la neu de l'hivern tant com de l'aclaparadora calor de ple estiu. Un dia que convidava a passejar.

O a reflexionar.

Va tombar a la darrera cantonada, i al lluny, solitària, perduda gairebé entre els arbres, a la falda de la muntanya d'El Perro, va albirar els murs de pedra revestits d'heura de la seva vella llar.

Va accelerar el pas.

Necessitava sentir-se segura.

–Edelmira! Quan has arribat?

No, no tothom estava als carrers o a la plaça. La Rosarito Ponce la saludava des del seu balcó. Va imaginar que algú havia de tenir cura del seu pare malalt. Ella va alçar una mà i li va tornar la salutació.

–Aquest matí –va respondre.

–Et quedes?

–No ho crec, depèn de l'hora. Me'n torno a anar.

–Què et sembla tot el que ha passat?

–No ho sé –va ser sincera.

Havia de ser-ho. Era tot el que sabia. Com si el poble l'hagués cridat.

–Bé, no siguis tan cara de veure –va acomiadar-se la Rosarito Ponce en veure que ella no s'aturaria per parlar.

L'Edelmira González va accelerar el pas.

Va sentir-se segura en arribar al mur de casa seva. Per aquella banda no hi havia finestres, així que l'heura el cobria tot sencer sense mostrar ni un centímetre de la roca que la sustentava. L'edifici, de dues plantes, era auster, sever. Va arribar a la porta principal i va extreure les claus de la bossa. Claus antigues, pesades, ennegrides pel temps. Quan la va introduir al forat del pany el so va ser gairebé el d'un picaporta.

Després va obrir.

Havia estat allà per Nadal, amb la seva filla petita i el seu gendre, per fer-hi un cop d'ull i recollir quatre coses. Però el buit es feia sentir igualment. La casa feia olor de tancat, de temps empresonat entre les parets. Un temps que no podia esborrar les veus i les rialles, però sí que les tamisava fins a convertir-les en una dolça, i també dolorosa, evocació. A vegades la recordava en els seus millors anys, quan ella era una nena, plena de crits, amb les veus de tota la família.

La vella casa del poble on ara no hi volia anar ningú.

Ni ella.

No va obrir cap finestra, només els llums. Va pujar directament al primer pis i l'eco de les seves passes, repicant sobre les rajoles, va escampar-se pertot arreu. En entrar a la seva habitació ja no va aturar-se. Sabia que si ho feia tot seria molt més difícil. Va deixar la bossa sobre la còmoda i allà sí que va obrir la finestra per poder tenir llum de dia.

La caixa era a l'armari, a sota, a l'esquerra. Va ajupir-se per agafar-la i la va deixar sobre el llit, damunt del matalàs. Ella va asseure's al costat. No va concedir-se ni la més petita pausa, ni un trist segon, per reflexionar. Va evitar cada record, cada sentiment. Voldria ser un autòmat programat per a allò pel qual havia anat al poble.

Malgrat tot, en treure la tapa...

Van aparèixer les primeres llàgrimes.

El tremolor.

El quadern de tapes fosques, d'un marró intens, estava a sobre de tot. Els records d'una vida coronats per aquella presència forta i poderosa, que amb prou feines va atrevir-se a tocar.

L'Edelmira González no ho va poder resistir.

Va mirar les fotografies de la còmoda.

La del seu pare, Juan González.

Va plorar uns breus segons, fins que va col·locar les dues mans sobre el quadern sense cremar-se, sense apartar-les, repetint-se un cop més que feia el més correcte, que ho havia d'haver fet molt abans, sense esperar res.

Esperar.

–Què va passar, pare? –va preguntar a l'home del retrat mentre s'aferrava al quadern amb totes les seves forces.

18

L'home de la cicatriu a la galta esquerra va enfocar amb la seva càmera la casa de la Narcisa Peñalver i la Clara Crespo.

Va fer mitja dotzena de fotos des d'un costat, unes quantes més de l'altre, i també mitja dotzena més de la part de davant. Cap de les dues dones no va treure el nas per cap finestra. Cap de les dues no el va veure. Va poder treballar sense pressa, tot i que estava preparat per a respondre qualsevol pregunta. Quan va acabar amb la casa se'n va anar a l'altre extrem del carrer i va fer més fotos, de panoràmica completa.

Després va abaixar la càmera, va sospirar i se la va penjar a l'espatlla.

Ja no va passar per davant del seu objectiu. Va continuar carrer amunt, va tombar a la dreta i va preferir baixar fins a l'aparcament pel carrer paral·lel, encara que per allà els passatges es retorçaven sense forma aparent i es convertien en sinuoses vies de pedres desgastades pels anys. Va creuar-se amb algunes persones, que el van mirar encuriosides. L'incident de la fossa havia posat San Agustín del Valle en els mapes. Tothom va imaginar-se el mateix, que era un periodista més.

La plaga.

Ja no quedava ningú per entrevistar, ni ningú que no hagués tret el tap de la memòria per contar el que fins aleshores havia quedat reservat a la intimitat de dins de casa.

L'alliberament dels sentiments.

L'home de la cicatriu a la galta esquerra va somriure.

El que menys li importava eren els sentiments.

Va perdre's dues vegades i va haver de preguntar. El poble no era gaire gran, però tenia una considerable extensió, escampant-se com un mantell per la planícia atrapada entre les muntanyes. Quan va arribar a l'aparcament va agafar les claus del cotxe i va prémer el petit comandament d'obertura que treia el fiador de les portes. L'automòbil va «saludar-lo» emetent mitja dotzena de «bips» acústics mentre els llums de posició tant davanters com posteriors s'encenien i s'apagaven amb intermitència.

Abans de ficar-se a dins va deixar la càmera al seient del costat i va treure's la jaqueta. Era de complexió atlètica, braços amb músculs treballats. Va quedar-se encaixat al seient i només aleshores va relaxar-se. Va llançar una darrera mirada al poble. Va preguntar-se com la gent podia viure en un lloc així.

Va sentir-se urbanita.

–El camp per a les bestioles –va somriure.

No va arrencar el motor. Primer va agafar la càmera de nou i va repassar les fotografies fetes digitalment, per estar segur que la seva feina s'havia acabat. Va començar des del principi i les va anar passant d'una per una. El poble, l'església, la plaça, i en nou de cada deu les dues dones, la Narcisa Peñalver i la Clara Crespo. Primers plans, plans mitjans, plans llargs, d'una, de l'altra, de les dues. Mare i filla. Mare i filla. Mare i filla.

Tenia material de sobres.

Va apagar l'aparell, va deixar-lo un altre cop al seient del costat i va posar el motor en marxa.

Encara podria arribar a casa a una hora prou decent.

19

La Clara Crespo va abalançar-se sobre el telèfon, avançant-se a la seva mare en el gest.

–Sí?

–Hola, mare.

–Germán, fill...

Breu silenci. Petit buit.

–Com esteu?

–Tu què creus?

–No ho sé, per això truco.

–Aquest matí s'han fet els funerals.

–Ja ho sé. Ho acabo de veure a la tele.

–Ah, sí?

–Us he vist, a tu i a l'àvia.

–Per què no has vingut, fill? –li va preguntar adolorida.

–Mare, jo no hi pinto res en tot això.

–Era el teu besavi.

–Però ell no estava en cap d'aquells taüts. Oficialment ni tan sols no és mort, sinó desaparegut.

La Clara Crespo va desviar els ulls en direcció a la seva mare. La Narcisa Peñalver estava al seu costat, mirant-la, esperant per parlar amb el seu nét. En el seu rostre no hi havia cap mena d'emoció, només aquella imponderabilitat que li augmentava dia a dia. Les faccions semblaven cisellades damunt d'una plastilina dura que només s'alterava en casos comptats.

–Germán, no paren de voler parlar amb nosaltres. Ni tan sols sabem què dir.

–Passeu de tot.

–Com? No podem.

–Per què no? La gent és morbosa, mare. S'obren tombes constantment i no passa res. Però com que això d'Els Tretze de San Agustín sona bé, aquí és diferent. I a sobre els apareix un misteri. Perfecte. Si s'haguessin trobat els tretze cossos, demà ja ningú no se'n recordaria. Però, ep!, resulta que en falta un, i això és notícia. No us deixeu enredar, d'acord?

–Qui ens vol enredar?

–Qui sap si apareixerà un llest dient que en farà una pel·lícula.

–No siguis ximple!

–Mare, que parlo seriosament. On és el besavi Damián, eh?

–Doncs mira, si tant et preocupa que fiquem la pota faries bé de venir.

–Jo només t'aviso.

–I jo et dic el que hauries de fer. Déu... a la teva edat i ben sol en una ciutat tan gran. Cada cop que ho penso...

–Treballo, les coses em van bé, fins i tot surto amb una noia fantàstica.

–Surts amb una noia? –va obrir els ulls.

Aquesta vegada, la seva mare va fer el mateix.

–Doncs sí.

–De debò? Sou nòvios?

–Mare, que això no és el poble. Surto amb ella i punt.

–Necessites diners?

–Ja et vaig dir que no.

–Deixa'm parlar amb ell –li va demanar la Narcisa Peñalver.

–L'àvia vol parlar amb tu, Germán.

A l'altre costat de la línia va reproduir-se el mateix silenci, el mateix buit.

–Germán?

–Hola, àvia. –La veu va ser afectuosa tot i que també resignada.

–Què he sentit, que surts amb una noia? –La dona va anar directa al gra.– Com es diu? Quants anys té? Per l'amor de Déu, si ets una criatura! Ja coneixes els seus pares? Espero que no facis cap ximpleria de què et puguis penedir, perquè després passa el que passa. –Va fer una pausa després de la seva arenga i va preguntar:– Germán, ets aquí?

20

L'Eduard Calvo va plantar-se davant de la secretària de Julián Pérez i va esperar que ella aixequés el cap del teclat.

–T'estic veient –li va dir ella sense mirar-lo–. Què vols?

–Està sol?

–Ahà.

–Doncs digues-li que necessito veure'l.

–Un moment.

Va continuar teclejant. I no cinc ni deu segons. Més. Gairebé un minut.

–Gemma, t'estimo –va manifestar el periodista.

–Ahà –va repetir la dona.

–Casa't amb mi.

Ara sí. Va deixar d'escriure. Li va llançar una mirada de veterana per damunt de les ulleres de pasta, igual que una mare repressora davant del nen que acaba de ficar la pota fins al fons. L'Eduard va posar cara de circumstàncies.

–I si et dic que sí? –va punxar-lo la secretària.

–Doncs, bé.

Ella va aixecar-se. El periodista va fer una passa enrere, per si de cas. Tots la temien. Deien que havien construït l'edifici entorn de la seva figura, que ja treballava allà fins i tot abans que existís res de tot allò. Sense deixar de mirar-lo amb sorna va ficar el cap per la porta entreoberta del despatx d'en Julián Pérez, sense trucar.

–L'Eduard és aquí –va sentir que deia.

Després va apartar-se i li va obrir el pas.

–Em duraries massa poc, xato –va sentir que li deia en veu molt baixa quan va passar pel seu costat.

El cap de redacció del diari estava al seu lloc de sempre, a la taula de reunions, amb un ordinador a un costat i alguns papers al davant. Va deixar d'examinar-los quan l'Eduard va asseure's davant d'ell.

–Com va? –va voler saber.

–La història és forta –va afirmar l'Eduard.

–Com de forta?

–Una cosa és el reportatge per al dominical. Quedarà de primera. Però això del desaparegut...

–Què et penses, que has descobert una mina d'or o alguna cosa així?

–Més o menys.

–Ho dius seriosament?

–Carai, mestre. –El periodista el va mirar amb sorpresa.– No em digui que no veu la notícia.

–La notícia ja la veig, i ja s'ha donat. Es creien que n'eren tretze i els en surten dotze. A tot estirar hauran de revisar la història. Passés el que passés fa 71 anys ja ningú no sabrà la veritat, encara que en el fons és molt senzill.

–Ah, sí?

–Els agafen, els torturen, els passegen. –Va fer un incís per aclarir-li-ho:– Als que anaven a afusellar es deia que els «passejaven», ho sabies? –Després va continuar parlant.– Finalment els afusellen, de nit, al mig de la muntanya, caven la fossa i els amunteguen al fons. Però un d'ells no és mort, s'arrossega i se'n va, just abans que tot s'acabi. Qui els comptarà? Estan uns damunt dels altres. Els cobreixen amb terra i adéu-siau.

–La teoria és la més plausible, la que tothom pensa –va dir l'Eduard–, però té un punt feble.

–Quin?

–En Damián Peñalver estava absolutament enamorat de la seva dona, la Consuelo, i ella embarassada de set mesos. Per què no li va fer saber que era viu? Per què no va tornar en acabar-se la guerra? Per què mai més no se n'ha sabut res?

–Perquè va morir abans que pogués fer res de tot això, és clar. San Agustín del Valle no va quedar en zona nacional?

–Sí.

–El pobre diable podia haver arribat vés a saber on, dispararia quatre trets i al final...

–Si és així, per què el seu nom no va sortir a la llum, després?

–Va perdre la memòria? –Li va semblar que el cap de redacció se'n burlava.

L'Eduard va deixar-se caure enrere però no va rendir-se.

–Aquí hi ha gat amagat –va dir.

–Ai senyor –en Julián Pérez va posar cara d'afectació–. Un altre periodista amb olfacte, sisè sentit i una intuïció genial disposat a guanyar el premi Ortega y Gasset de periodisme. O el Pulitzer, encara que no siguis americà.

–Vinga, mestre.

–Eduard –s'ho va agafar amb calma–, en Damián Peñalver va morir, aquella nit, afusellat, i per la raó que sigui no el van enterrar amb els altres. Potser l'odiaven més i el van llençar als gossos, o el van esquarterar o el van abandonar a la mercè dels corbs. Tant és. I si va escapar-se, amb un braç trencat, sense les dents de dalt d'un cop de culata i, en el pitjor dels casos, ferit de bala, a tot estirar devia acabar lluitant igualment a la guerra. Teoria lògica 1: el van matar durant la guerra. Teoria absurda 2: se'n va anar, la qual cosa no té gaire sentit, com molt bé ja has indicat. Però si avui estigués viu, tindria 90 anys. Tu mateix ho has dit: estava enamorat de la seva dona, feia un any que eren casats, ella esperava la seva filla... Ningú no guarda silenci tota una vida. Ningú. I sent així, quina mena de reportatge creus que faràs?

–No hi perdo res si investigo una mica.

–Fets. –En Julián Pérez va assenyalar-lo amb un dit.– Què van ensenyar-te a l'escola de periodisme? Fets. No m'agraden les especulacions ni publiquem teories, per més vistoses i cridaneres que siguin, d'acord?

–D'acord.

–Fets. –Li ho va repetir un cop més.

No li havia dit que s'oblidés del tema. No li ho havia prohibit. Era més del que es podia esperar.

L'Eduard Calvo va anar-se'n abans que el seu superior canviés d'idea.

21

La Clara Crespo amb prou feines podia creure el que veia.

–Edelmira... –Va mussitar el nom de la seva visita com si descarregués un pes.

La dona, cabells blancs, rostre greu, vestit negre, feia la impressió de ser un espectre. Amb la nit que queia rere la seva figura, retallada al llindar de la porta i il·luminada dèbilment per la llum de la làmpada del rebedor, les ombres del seu rostre formaven un sinistre clarobscur en el qual els ulls amb prou feines existien.

Estava preparada per si era la Narcisa Peñalver qui obrís la porta.

La Clara era diferent.

–Necessito parlar amb vosaltres –va forçar la veu de súplica.

–De què?

–D'aquella nit.

–No, Edelmira... Deixa-ho córrer. Per què...?

–Si us plau, és important.

–Important, ara, després de tant de temps?

–Sí, per a vosaltres! El teu avi...

No va poder acabar la frase. La Narcisa Peñalver va aparèixer per darrere la seva filla. En reconèixer l'Edelmira González va transmutar-se, se li va endurir cada múscul, cada petita porció de pell. Va fer un pas endavant.

La seva filla va evitar-li el segon pas, interceptant-la.

–Què hi fa aquesta aquí? –va tronar la veu de l'àvia.

–Narcisa, si us plau. Ja n'hi ha prou. –La visita va fregar el to més patètic.

–Vés-te'n d'aquesta casa!

–Mare, calma't.

–Vés-te'n!

L'Edelmira González no la va obeir. Va alçar la seva mà dreta. Sostenia un quadern de tapes fosques.

–Heu de saber això –va dir-los a totes dues.

–No vull saber res! I menys si ve de tu! –va tornar a cridar la mestressa de la casa.

–No voleu saber la veritat, el que va passar aquella nit?

El quadern va tremolar.

I també va tremolar la Clara, encara subjectant la seva mare.

–De què parles? –va voler saber la Narcisa.

–Del teu pare i del meu –va dir l'Edelmira González–. D'això parlo.

–El teu pare va matar el meu. No hi ha res a parlar.

–No ho va fer.

Parlaven d'una guerra, d'un afusellament, però les paraules de l'espectre van ser més intenses que un tret. Les va tocar de ple.

–Edelmira, estàs sonada –va exhalar la Narcisa.

–Ho vols llegir tu mateixa? –Li va allargar el quadern.

–Què és això?

–Ho va escriure el meu pare. Jo ni tan sols ho sabia, ho vaig llegir molt temps després de la seva mort perquè la meva mare ho havia amagat. Quan ella va morir ho vaig trobar, i quan ho vaig llegir... –li va costar empassar saliva–. Fa deu anys que estic callant, repetint-me que no val la pena, pensant en la vostra reacció, aquesta mateixa reacció que teniu ara –va mantenir el quadern alçat–. Però ja no puc més. La guerra va acabar-se fa molt temps, Narcisa. Ja és hora de perdonar i oblidar.

De nenes els havien prohibit jugar plegades, ser amigues. Havien esquivat el setge una vegada i una altra. A més prohibició, més ganes d'estar unides. De nenes mai no van saber la veritat. Tampoc no ho haurien entès. Després sí. Una nit van obrir un abisme allà on havien viscut, per la resta dels seus dies. L'Edelmira era filla d'un patriota. La Narcisa la filla d'un roig.

Per això a la Narcisa la insultaven, la menyspreaven, i l'havien fet anar amb el cap rapat durant anys.

–Jo no perdono ni oblido –va dir l'àvia.

–És tot aquí. Llegeix-ho!

Van mirar el quadern, però cap de les dues va fer el gest d'agafar-lo.

–Fa anys que us ho hauria d'haver dit, però és ara quan per fi té un sentit que ho faci –va insistir l'Edelmira González.

–Què hi diu? –La Clara va assenyalar el quadern.

La Narcisa va fer un gest per alliberar-se. La seva filla no va saber si fer mitja volta i anar-se'n, o acabar de fer-la fora de casa.

–Mare!

Per damunt del silenci, enervant, carregat de pors i dolor, la veu de la visita va sonar igual que una lletania.

–El meu pare era el que apuntava al teu, ja ho saps. Tretze condemnats, tretze botxins. Va explicar-se de tantes maneres després que... –Va reunir més forces per continuar parlant.– Era la seva bala la que l'anava a matar. Però no va poder, Narcisa. No va poder. No l'odiava. Eren amics. El meu pare va disparar a l'aire, per damunt del seu cap. Malgrat tot el teu pare va caure igualment. Aleshores el meu pare va pensar que algú altre del grup li havia disparat. Tant era. Va tancar els ulls i no va dir res. Mai no en va parlar amb ningú, d'això. Però ho va escriure aquí. –De nou va agitar el quadern entre ella i les seves dues amfitriones.– Un cop morts van quedar-se a terra, amuntegats, i just quan els van tirar a la fossa va començar a ploure. Va caure un bon xàfec. Van haver d'esperar dues hores per acabar la feina, tirar-los terra al damunt i anar-se'n. Dues hores. Per tant, si el meu pare no li va disparar i ara el seu cos no està en aquella fossa... vol dir que va sobreviure, Narcisa. El teu pare no va morir aquella nit, ni el meu no va matar-lo.

ELS INDICIS

22

En Germán va contemplar el desastre del pis després que en Justo i en Plácido se n'haguessin anat. Els llits desfets, la roba per terra, la sensació de caos perpetu i la brutícia. En ocasions, i aquesta n'era una, se sentia més que deprimit. El pes d'un horitzó sense esperança s'abatia com una guillotina enmig del camí. Era com si caminés fent cercles.

Tots els seus somnis aturats.

La ciutat.

I repartia pizzes a domicili.

Va intentar no trepitjar la roba dels seus dos companys de cort. Es repartien les feines, però això no volia dir que respectessin els seus compromisos. Hi havia plats bruts a la petita cuina, les deixalles de tres o quatre dies que rebentaven la bossa, porqueria seca a la tassa del vàter. El dia menys pensat apareixerien les rates.

Segons com es menjarien els escarabats de cuina, que havien arribat primer.

Mai no hi podria dur la Raquel, allà.

Mai.

Va recordar la conversa del dia anterior amb la seva mare i la seva àvia. Per què els havia hagut de dir que sortia amb una noia? Per què, per què, per què? Només per donar-los un motiu de conversa? Per despistar? Com a defensa i excusa? La seva mare a vegades deia que si trobava «una bona noia, neta i decent, se sentiria més tranquil·la». Així que tenir una xicota ho arreglava tot, encara que després la seva àvia comencés amb tot el rotllo de si era massa jove per ficar-se en embolics sentimentals.

El cert era que amb la Raquel veia les coses diferent.

Les coses bones i les dolentes.

Era bo estar sol, podent dirigir finalment la seva pròpia vida, però era dolent no tenir on caure mort, no tenir estudis, guanyar una misèria, només prou per anar tirant, tan cagadet de por que, a vegades, la depressió amenaçava de destarotar-lo.

Com en aquest moment.

La Raquel en un costat de la balança. En Mateo i en Fede a l'altre.

Tan senzill...

Cada dia entrava en una o dues dotzenes de cases. Cada nit duia pizzes a pisos cars, plens d'objectes de valor, amb sistemes de seguretat o sense, amb conserges nocturns o sense. La majoria de vegades el rebien a la porta, la principal o la de servei. Però n'hi havia que el feien passar fins a la sala, per deixar la comanda o pagar-li. Hi havia tota mena de clients. Homes mirant partits, parelles sense ganes de cuinar, i sobretot adolescents sols els caps de setmana. Fins i tot hi havia pisos buits als quals es podia accedir des dels balcons o les terrasses dels veïns.

Necessitava un ordinador, per no perdre passada, i la seva pròpia moto, i diners per estar a l'altura de la Raquel.

Per què li feia cas?

Per què una noia com ella sortia amb ell?

Pel perill? Perquè era diferent? Era només qüestió del físic?

La Raquel era tan diferent a tot...

No va tocar res, ni els plats de la cuina ni la bossa de deixalles, per no quedar impregnat d'aquella pestilència. Va tancar els ulls a la realitat, va donar l'esquena al pis i a les seves misèries i va marxar alliberant-se a si mateix després de baixar els diversos trams d'escala direcció al carrer. No va creuar-se amb cap veí ni veïna. La ciutat també tenia això, era capaç d'engolir qualsevol, devorar-lo i assimilar-lo com un més, integrar-lo fins a l'arrel. Quan va sortir a fora va alçar la mirada al cel per sentir la vivificant força del sol en el seu rostre.

Tenia temps, així que es va posar a caminar sense pressa cap a l'esquerra.

El carrer estava calmat.

Poques persones, anant i venint, carregades d'incògnites.

L'home de la cicatriu a la galta esquerra n'era una més, discret, invisible.

Va posar-se en marxa rere seu, a uns vint metres, fingint tanta despreocupació com qualsevol que estigués passejant sota el sol d'aquell bonic matí.

23

Les primeres vegades no sabia com rebre-la, si donant-li la mà, un petó a la galta o què. Ara depenia de l'actitud d'ella. O caminaven sense més ni més, un al costat de l'altre, o s'acostaven per rematar la trobada amb la fotesa del petó a la galta. El primer cas era propi de quan l'anava a buscar a l'institut. El segon de quan quedaven.

Aquesta vegada la Raquel va prendre la iniciativa i li va fer el petó a la galta.

En Germán també li'n va fer un.

–On anem? –va preguntar la noia.

–Tinc un parell d'hores –va lamentar ell.

–Doncs passegem, et sembla bé? De passada veiem algunes coses aquí a prop.

–D'acord –va sentir-se alleujat.

Duia menys de deu euros a la butxaca. El salari de la desesperació.

Això va fer que es quedés en blanc, sense saber què dir, i al moment que va notar una forta pressió al pit es va posar vermell. Va haver de fingir que estossegava, per justificar la congestió.

La Raquel estava molt guapa, i semblava que acabés de sortir d'una dutxa de flors. Neta i fresca com una rosa acabada de tallar. Els cabells, a més, eren igual que una flamarada. Quan el duia net i deixat anar...

–Vaig veure allò del teu poble a la tele, el funeral i tot això.

–Vaja.

–Sembla bonic.

–No siguis dolenta.

–Ho dic de debò. Jo odio la platja, les aglomeracions, la gent que crida, els nens que et llancen sorra, les ràdios a tot drap. M'agrada més la muntanya.

–Et cansaries de tanta muntanya.

–Per què ets així?

–Perquè ho conec. Per això me'n vaig anar. I a sobre ja veus quin merder s'ha organitzat amb això del meu besavi fantasma. De sobte s'estan obrint totes les ferides que no han cicatritzat. Com si hagués tornat la guerra.

–Com pot ser que la gent passi tants anys callant coses així?

–No ho sé. –No volia parlar del seu poble, ni del besavi Damián, però no sabia com dir-li-ho o com podia canviar de tema.

–Per què no vas anar a aquests funerals?

–Perquè em va costar molt anar-me'n, i a vegades temo que si hi torno, per la raó que sigui, ja no podré tornar-me'n a anar –va respondre amb irritació.

–No t'enfadis –el va captar ella.

–No m'enfado.

–Tant et molestava?

–Viure amb la meva àvia i la mare? Tu què creus?

–I el teu pare?

Potser era el dia de les confessions. Tard o d'hora tocava fer-les. I si ella sortia disparada...

–No el veig gaire –va reconèixer.

–Per què?

–Té la seva vida, una altra família. No serveix de res.

–On és?

–Aquí mateix, a la ciutat.

–De debò?

–Sí, què passa?

–Per això vas voler venir aquí?

–No, vaig voler venir perquè per alguna cosa és la capital i hi ha molta gent i tens més oportunitats i passes desapercebut i... No ho sé, tot això.

–I el teu pare no et pot ajudar amb el teu projecte?

N'havien parlat alguna vegada. Ho anomenava «el projecte», però en realitat es tractava d'un somni. L'esperança del seu futur. Li agradava la informàtica, tot el que es relacionava amb ordinadors. I era bo. Sabia que era bo, encara que de moment ni tan sols tingués ordinador propi i es conformés a arruïnar-se en els cibercafès. El projecte, el seu somni, era arribar a tenir una botiga d'informàtica, i al mateix temps poder-hi desenvolupar iniciatives.

–Ni idea –va remugar.

Primer el poble. Ara el seu pare. No era el que esperava de la cita.

–L'has anat a veure? –va continuar la Raquel.

–Quan?

–Doncs ara, o abans, no ho sé. Alguna vegada des que va deixar la teva mare.

El seu pare també s'havia ofegat en aquell ambient reclòs.

–Sí, una vegada, fa tres anys. Vaig estar a casa seva.

–I?

–Normal –va arronsar les espatlles–. La meva mare va quedar-se a baix, al carrer, i jo m'hi vaig estar un parell d'hores, amb la seva dona i la seva filla.

–De bon rotllo?

–Va dir que m'hi podia quedar tant com volgués, passar-hi temporades, l'estiu...

–Ho veus?

–No vull parlar del meu pare –va rendir-se.

La Raquel va adonar-se que estava cansat. Va ser ella qui li va atrapar la mà mentre no deixaven de caminar. La hi va prémer amb dolcesa i complicitat.

–Perdona –va mussitar.

En Germán va intentar retenir-la-hi, però va fer tard. Una fracció de segon massa tard.

24

L'Eduard va contemplar els llibres, retalls de premsa, arxius, CD i la resta del material que havia aconseguit en les darreres hores. Una part parlava de la guerra civil, una altra de les fosses de l'oblit, una altra de San Agustín del Valle, i la part del material més recent sobre els fets dels darrers dies, la trobada i l'obertura de la fossa, el descobriment dels dotze cadàvers afusellats la nit del 27 de juliol de 1936, el misteri del cos desaparegut...

–D'acord –va dir-se en veu alta–. I ara per on comences?

Sentia el formigueig, la picor i l'ansietat. Formigueig a l'estómac buit, picor als dits àvids de paraules i ansietat en l'ànima oberta a la sorpresa. Els tres símptomes clars dels seus millors i pitjors atacs com a periodista.

Sempre havia estat un home de crits.

Els xiuxiuejos els deixava per a la Felicitat.

I si temia submergir-se en res que pogués apassionar-lo, girar-li el cervell del revés i col·lapsar-li els sentits, era per ella, perquè ja s'havia convertit en el més important de la seva vida i no estava disposat a perdre-la per res del món.

Ni pel millor reportatge.

O sí?

–No siguis imbècil –va dir-se de nou en veu alta.

Va mirar la fotografia de la Felicitat. Li somreia des del lateral del mirall on estava agafada. Ni tan sols l'havia emmarcada. Era un desastre. La calor havia fet que es corbés i, com a màxim, l'havia assegurat amb una mica de cinta adhesiva. La Felicitat subjecta en precari, igual que una postal.

Sí, un desastre.

Va contemplar aquells trets fascinants, els cabells negres i curts, formant un casquet sobre el cap, els ulls vius, el somriure capaç d'inundar el món sencer, els llavis més sensuals que hagués besat mai...

I feia tant d'honor al seu nom.

Va apartar la vista d'ella i buscà la concentració. Primer de tot, ordre. La guerra, l'alçament, la primera repressió d'uns contra altres... Les fosses de l'oblit, o del silenci, com alguns les anomenaven, sembraven una Espanya que encara no havia fet justícia als seus morts. En alguns casos la vergonya era històrica, fosses que estaven allà, que es coneixien, i que ningú no permetia exhumar. En altres casos quedava la humiliació i el record de la venjança. Potser una de les fosses més famoses, per la seva realitat escruixidora, era la Sima de Jinámar, a Gran Canària. Les desenes d'afusellats van ser sepultats amb dinamita, per esborrar tot vestigi, i anys després va utilitzar-se el lloc com a abocador municipal. Enterrats sota la merda. Pura i dura. Si cap familiar pretenia rescatar un avi o un pare, primer haurien d'enretirar tones i tones de deixalles.

Va concentrar-se en San Agustín del Valle.

Les velles fotografies del poble mostraven un lloc sec i adust. En una de les fotos es veia gent a la plaça, la mateixa plaça on havia estat abans i després del funeral pels exhumats. La fotografia era de 1931, així que, potser, algunes d'aquelles persones havien participat en els incidents del 36, bé com a executores bé com a caigudes.

Va agafar una lupa i acostà un ull a la imatge. Amb prou feines es veia res, no es distingia res prou clarament.

–On vas anar a parar, Damián? –va desgranar síl·laba per síl·laba–. Com vas poder desaparèixer?

Un home amb un braç trencat, amb la cara destrossada per un cop de culata, a pocs dies d'iniciada la guerra, sense saber on anar, de què o de qui refiar-se. Un home marcat, amb una dona embarassada al darrere, al poble.

Home?

–Tenies 21 anys, noi –va murmurar–. Només 21 anys i et van enfonsar la vida.

Allà hi havia gat amagat, ho sabia. Una història. Un reportatge. Un misteri. En Julián Pérez temia els seus rampells. Amb el poc temps que duia al diari, any i mig, ja n'havia patit algun. Rampells capaços de girar-li la ment del revés, d'impedir-li dormir desesperat per trobar un indici, la clau final, la veritat.

L'Eduard va tornar a mirar la fotografia de la Felicitat.

Li va picar un ullet.

Després va agafar el teclat de l'ordinador, que tenia a un costat, i va posar en marxa l'aparell per navegar per Internet.

25

Tornaven a ser prop de casa seva, a menys de dos o tres minuts de l'acomiadament. El dia era tan lluminós que li va fer l'efecte que se'n burlava. La majoria de gent gaudien del dissabte, i en canvi ell...

La Raquel duia les dues bosses. No havia volgut que les hi agafés. Tampoc no pesaven gaire. En una hi duia una brusa, molt lleugera, i en l'altra uns texans. S'ho havia comprat sense pestanyejar, sense mirar els preus, o almenys així li havia semblat, perquè quan ella va entrar a l'emprovador ell va quedar-se a fora en les dues botigues, notant les mirades de les dependentes, totes fent el seu paper, tan guapes com aprenents de models.

A ell també el miraven.

Després la Raquel havia pagat en metàl·lic, les dues vegades. En Germán va pensar que potser el seu pare li donava cada setmana més calés dels que ell guanyava a la pizzeria.

Ara el matí ja s'acabava. Si arribava tard al seu torn el farien fora i seria pitjor.

Encara que hi hagués més pizzeries.

–Ens veiem a la tarda? –va aconseguir llançar-se.

–He d'estudiar –la noia va fer petar la llengua.

–Bé, tampoc no haurien pogut ser més de dues hores.

–Puc escapar-me una hora. –La Raquel va somriure despreocupada.– O les dues. Tampoc no passaria res.

–De debò?

–Sí, de debò.

–Et vinc a buscar?

–No, per què? Millor que passi jo per la pizzeria i quan acabis fem una volta.

–Tant de bo tinguéssim temps d'anar al cinema.

–Tant és.

En Germán va sentir la impotència. La ràbia sempre li sobrevenia abans i després d'estar amb ella. Abans per inseguretat i por, perquè en el fons continuava sent el noi de poble, emigrat a la capital, sense res, meravellat davant del fet que una noia com la Raquel fos amiga seva o... i després perquè en deixar-la li pesaven totes les angoixes, la realitat de no tenir on caure mort, i aleshores es feia les eternes preguntes que l'esgotaven i l'enfonsaven: «què fa ella amb mi?» i «quant pot durar, això?».

–Sento treballar en aquesta merda de pizzeria.

–És temporal, no?

–Això em vaig dir abans de començar.

–Tots els inicis són durs.

–M'ho imagino.

–Escolta. –Ella va aturar-se i li van brillar els ulls.– Vols que parli amb el meu pare?

En Germán va quedar-se sense alè.

–No –va dir brusc.

–Per què?

–Perquè no.

–Li cauries bé –va somriure–. Sempre parla dels seus inicis, de quan va arribar amb una mà al davant i l'altra al darrere, de la manera com va obrir-se pas, de com va llogar la primera botiga i del crèdit que va demanar i tal cosa i tal altra... –va rebufar esgotada–. Segur que tu li ho recordes tot.

–D'acord, però no.

–És un bon home –va dir la Raquel.

El seu pare era «un bon home». I el seu?

Podia culpar-lo realment d'haver-los deixat?

La seva ment va entrar en una espiral atropellada en què es va mesclar tothom, el seu pare, la seva mare, l'àvia, el poble, la Raquel, la pizzeria, en Mateo, en Fede...

En Mateo i en Fede.

–Bé, et deixo, no facis tard –va dir aturant-se la Raquel.

En Germán va quedar-se davant seu.

No ho tenia pensat. Encara no. Ho desitjava però creia que era precipitat i perillós. Tot i així, l'únic que veia era la Raquel, i l'únic que va sentir va ser la bogeria d'aquella sobtada ansietat. L'espiral va esclatar i tota la resta va desaparèixer.

En Germán va omplir-se, va inundar-se d'amor.

Aleshores va acostar-se a la Raquel i la va besar.

Als llavis.

Un petó dolç, tendre, bonic i càlid. Un petó amb el qual van notar-se, van degustar-se sense acabar d'obrir la boca del tot, sense que les llengües arribessin ni tan sols a fregar-se. Un petó que amb prou feines va durar cinc segons.

Suficients.

En separar-se ella estava una mica vermella, però somreia.

Una porta oberta.

–Adéu –li va xiuxiuejar.

Va intentar retenir-la. El petó havia estat lliure, sense cap més contacte. Aquest cop va intentar agafar-la per un braç.

La Raquel va deixar-se anar.

No va perdre el somriure, però va recuperar la fermesa.

–Fins a la tarda. –La seva veu va ser dolça.

–Fins a la tarda –va dir ell.

I es quedà palplantat, com un arbre sense arrels, veient com marxava en direcció a casa seva.

Només va girar-se en ficar-se al portal, per aixecar la mà lliure i dir-li adéu.

26

La terrassa del bar estava plena, sense cap taula lliure. A les finestres i els balcons de les cases de l'entorn, estrenyent la petita placeta i els carrers estrets que hi naixien o morien, s'hi veien algunes pancartes, cartells i llençols pintats amb escandaloses lletres vermelles: «Silenci!», «Alguns treballem cada matí», «Alcalde, per què no véns a viure aquí» i altres d'aquest estil. Els clients de la terrassa, malgrat tot, no semblaven estar-ne gaire al cas. N'hi havia prou amb una forta rialla, el soroll d'un vas en caure a terra i esmicolar-se, el crit al cambrer.

La plaça era com un altaveu.

Potser per tot això, tant com per precaució, en Mateo i en Fede estaven a la part més allunyada de la terrassa, en una taula apartada fins i tot de la resta, com si l'haguessin mogut expressament per tenir més intimitat. En Germán els va localitzar de seguida.

El rellotge de l'església marcava dos quarts de dues de la matinada.

Va haver de demanar una cadira lliure als ocupants de la taula més propera. En Mateo i en Fede el van esperar seriosos fins que va seure davant d'ells.

–Germán, què passa, xaval?

–Tot bé, col·lega?

No sabia per on començar. En Mateo li ho va posar en safata, comprenent que la seva presència allà no era casualitat ni de bon tros. La seva pregunta va cobrir-se de temptejos.

–Visita de cortesia?

–No –va admetre en Germán.

–Bé, bé –va assentir el jove fent una ganyota de seguretat.

–Sabia que t'enrotllaries. –En Fede va apuntar-lo amb un dit.

–Em convideu a una cervesa?

–És clar –digué en Mateo.

–A compte –va bromejar en Fede.

El primer va alçar una mà. No la va abaixar fins que un cambrer atent, sobretot perquè ningú no marxés sense pagar, el va veure. No s'hi va haver ni d'acostar. En Mateo va assenyalar la seva cervesa i va alçar l'índex de la mà dreta. El cambrer va assentir amb el cap i es ficà dins el local. En Germán va tenir ganes de marxar corrents per darrera vegada.

Després ja va ser massa tard.

–Has acabat ara?

–Fa una estona, sí.

–La gent demana pizzes fins a l'última hora.

–A mi després de fer-ho sempre m'agafa gana –va dir continuant amb el seu bon humor en Fede.

Fins i tot en Mateo va passar d'ell.

–Ja veuràs com no te'n penedeixes. –Va allargar-li la mà i li va donar un copet a l'esquena.– D'aquí a unes setmanes tindràs la teva moto. El que vulguis.

–Tampoc no cal passar-se.

–No, és clar. Tranquil.

De tranquil no n'estava gens.

Van deixar de parlar quan el cambrer va acostar-se amb la cervesa. La va deixar sobre la taula i en Mateo va aprofitar per demanar el compte de tot plegat. Va pagar allà mateix, va donar una bona propina al noi i es van quedar sols una altra vegada. En Germán va fer un glop llarg, molt llarg, per sentir aquella amargor despertant-li la ment i el fred davallant-li pel cos fins a l'estómac.

–Ja marxàvem –va dir en Mateo justificant la seva acció.

–Carrer Nautilus 92, àtic primera. El conserge de dia se'n va a dos quarts de vuit i el de nit no arriba fins a les nou. Però tant és perquè a les deu o dos quarts d'onze posa una minitele i s'està fins a la una mirant el que sigui. Després fa una ronda i si no hi ha veïns a fora que puguin tornar i cnxampar-lo, s'adorm.

–Com ho saps això?

–Vaig sentir unes veïnes que ho deien.

–Continua.

–Tenen quadres, moltes antiguitats, objectes de plata i ahir ella em va obrir carregada de pedres, collarets, braçalets, anells...

–Sistema de seguretat?

–No.

–Bé. –En Mateo va assimilar la informació.– Dóna'ns-en una altra, per si de cas.

–Carrer Escipió 57, segon tercera. Sistema de seguretat entrant a l'esquerra. Crec que el tipus col·lecciona segells, perquè vaig sentir que cridava que tanquessin la porta o li volarien totes les sèries que estava catalogant.

–I això vol dir que col·lecciona segells?

–Sí, segur.

–Els segells valen una pasta –va dir en Fede–. Com més estranys millor.

–Aquí hi ha conserge, però la casa dóna als quatre vents, i per la part de darrere és fàcil enfilar-se de balcó a balcó. És una zona amb piscina i arbres.

–D'acord. –En Mateo no va prendre cap nota.– Ara tu tranquil, eh? Quan tinguem el primer liquidat t'avisem.

–Però si en veus cap més, facilet, ens ho dius –va manifestar en Fede.

–No els robeu tots dos a la vegada, o d'un dia per l'altre –va inquietar-se en Germán–. A veure si la policia ho relacionarà.

–Que no, home, que no. Creus que vam néixer ahir?

–Tu deixa'ns fer, xaval.

–No te'n penediràs.

–Pasta gansa.

Van deixar de parlar a duo i en Germán ho va aprofitar per acabar-se la cervesa. Va retenir un rot i aquest va ser el senyal de sortida. En Mateo i en Fede van alçar-se alhora. Ell ho va fer a continuació.

–Ara, com menys junts ens vegin, millor –va dir en Mateo.

–Cuida't –va acomiadar-se en Fede sense acostar-se, fent mitja volta per iniciar la retirada.

–Ok.

Van encaixar les mans. L'altre ja caminava rumb a un dels carrerons laterals. En Mateo va atrapar-lo amb dues gambades. En Germán va fer el mateix en direcció contrària, amb la vista clavada al terra i la sensació que la sort, per a bé o mal, ja estava decidida. Cap d'ells no se n'havia adonat de l'home de la cicatriu a la galta esquerra.

I cap d'ells no el va veure posar-se en marxa de nou.

Però aquest cop, seguia en Mateo i en Fede.

27

L'Eduard va saber que li començava el mal de cap quan una punxada el va travessar d'orella a orella i, lluny d'evaporar-se a continuació, va dedicar-se a rebotar per dins la closca, expandint més i més els efectes de la fuetejada sensorial.

Va passar-se una mà pels ulls. La negror interior va omplir-se de llums de colors. Un alegre castell de focs artificials silenciosos. Va prémer-se els ulls una mica més i les llums ho van inundar tot. Vermelles, malves, grogues, blaves, ataronjades. Una simfonia que presagiava alguna cosa pitjor que el seu esgotament.

Perquè quan estava molt, molt cansat, en comptes de dormir s'agitava massa al llit, amb les idees ballant-li pel cap, i es llevava encara més esgotat.

Va mirar l'hora i va entendre el seu estat.

–La culpa és teva, per treballar aquesta nit –va dir a la fotografia de la Felicitat.

La seva xicota era hostessa de fires i congressos. No arribava a la categoria de model, però gairebé. I els bavosos a qui cuidava, orientava, guiava o servia, així ho veien, també, és a dir, com si fos alguna cosa més que una hostessa. A vegades l'habilitat que mostrava ella per parar-los els peus sense deixar de somriure l'al·lucinava.

–Bé, tu també la vas conèixer en un congrés –va dir-se, reflectit en el mirall, al costat de la imatge d'ella.

Va esfondrar-se damunt la taula. Va estendre els dos braços, amb els palmells de les mans cap avall, i va deixar caure el cap al damunt. Va tancar els ulls i intentà no pensar en res, i menys en en Damián Peñalver.

San Agustín del Valle no existia.

Un poble sense història, sense res a destacar, ni en l'orografia ni en la pretèrita arquitectura. Cap tret diferencial, cap fita en el passat, cap església amb pedigrí o amb llegenda medieval. Res. Allà mai no es va aturar un conqueridor a beure aigua de la font de la plaça, ni un governant va passar-hi amb la caravana d'acòlits. Allà mai no hi havia arribat ningú de la casa reial, ni existia cap placa commemorativa d'una efemèride. Tampoc cap campió d'un torneig de tennis no n'era fill predilecte, ni cap atleta olímpic. Res abans d'Els

Tretze de San Agustín. I això amb prou feines sortia enlloc. La guerra civil havia acabat feia molts anys, i en Franco ja en feia trenta que era mort, però encara no s'havia reescrit la història. Només a tres pàgines d'Internet, i totes recents, relatives a la fossa de l'oblit, es feia menció dels successos del 27 de juliol de 1936, l'heroica resistència dels tretze homes apostats a l'escola, defensant la República com illots a mercè d'un huracà. En una de les pàgines va poder veure fins i tot les tretze fotografies amb els noms corresponents: Sebastián García Aranda, Miguel Ángel Risueño Mora, Fernando Valiente Sanchis, Ernesto Lalanda López, José María Álvaro Quintana, Iñigo Alvaro Quintana, Landelino Quintana Soler, Casimiro Rojas Ros, Indalecio Ponce Aranda, Dámaso Pedraza Tortajada, Florencio Pedraza Riancho, Mariano Quirós Pedroso i Damián Peñalver Frutos.

Va abandonar la postura i s'incorporà. El primer que va fer va ser caminar fins a la cuina per servir-se un got d'aigua fresca. Va tornar fins a la taula i pensà que el millor que podia fer era apagar l'ordinador i ficar-se al llit. Les dues de la matinada.

–Almenys guanyes més que jo –va dir a la fotografia de la Felicitat.

S'inclinà sobre el teclat i la pantalla. Li quedava una pàgina per investigar de les deu que ara tenia allà exposades. Va vacil·lar només un segon.

Després va fer anar el cursor amb el ratolí i va obrir la pàgina.

San Agustín del Valle...

S'anava a rendir quan va veure aquelles dues paraules: «crònica negra».

–Teniu una «crònica negra»? –va mostrar la seva incredulitat.

Va tornar a seure i començà a llegir. Va pensar que es tractaria del mateix, d'Els Tretze de San Agustín.

En veure que no, va arrufar les celles.

Aleshores va anotar la dada a la llibreta.

La tardor de 1977 van trobar mort l'alcalde del poble, Claudio Bolaños Forcada, a prop de la vila, assassinat amb una sèrie de ganivetades disseminades amb una minuciosa precisió i habilitat per tot el cos: canells, turmells, ventre, gola...

L'Eduard va oblidar-se de la son, del mal de cap, de les llums interiors, fins i tot de la Felicitat.

Més que llegir, va devorar la notícia.

28

No va voler mirar l'hora, però sabia que la busca petita del rellotge estava més a prop de les tres que de les dues.

No tenia son.

No sentia res.

Després de parlar amb en Mateo i en Fede un immens buit s'havia apoderat del seu cos. La sort estava decidida. O no. Potser amb dos o tres pisos n'hi hauria prou. Just per començar a volar. Sempre, l'important era sortir-ne abans que les coses es compliquessin, fer-ho a temps, sense ser avariciós. Es repetia una vegada i una altra que si es controlava...

–Tu què coi has de controlar, si ets un mitja merda? –va esclatar contra si mateix–. En Mateo i en Fede són els que et controlaran a tu.

Aquella suor freda va tornar, els sorolls dels budells, l'arcada.

I, aquest cop sí, el vòmit.

No només podia perdre la seva llibertat, la poca credibilitat que la seva mare i la seva àvia poguessin tenir d'ell, sinó també la Raquel.

Encara que a ella la perdria igualment si continuava sent un desgraciat.

Va treure fins la darrera gota de bilis després dels trossos sencers de la pizza que havia menjat per sopar feia molta estona. Ho va fer entre rugits, espasmes, i l'angoixa de saber-se sol. Va deixar que les baves li pengessin de la barbeta i es va tranquil·litzar passada la tempesta. La suor se li gelava damunt la pell. El puré, amb els ingredients de la pizza, va quedar als seus peus, amb les sabates esquitxades per la mescla. No entenia com les persones del barri eren capaces de menjar aquella porqueria que, segons l'encarregat, era «la millor pizza de la ciutat». Els posaven tant de picant que el sabor es perdia. I la massa era fastigosa. I a sobre els cobraven molt més.

Va apartar-se de l'arbre en què s'havia recolzat i va reprendre la marxa.

A penes dos carrers més, com un fantasma solitari enmig del buit urbà.

Aleshores va alçar el cap i mirà la casa.

Les finestres del cinquè pis.

–Hola, pare –va dir en veu alta.

Devia ser allà, dormint tan tranquil, amb ella al costat i la nena a prop. La seva germanastra. Ni tan sols s'assemblava a ell, sinó a la seva mare. La petita Martona. I més enllà de l'habitació de matrimoni o de la Martona, el pis, relativament luxós, prova del fet que les coses li havien anat bé.

I si els donés les dades a en Mateo i en Fede?

–Bé, tampoc no tens res que valgui la pena, oi pare?

Sentia la cremor en el cos, la bilis que li amargava la boca i la pudor del vòmit que encara l'embolcallava. Va fer una bola de saliva i va escopir, amb força. Aleshores va adonar-se que pensava en ell.

Per què l'odiava tant?

Per deixar-los a tots dos al poble?

No, era més que això. En Germán ho va veure més clar que mai en aquell precís instant. L'odiava per haver-li robat el futur, per deixar-lo allà, pel seu egoisme i per no donar-li ni tan sols una oportunitat. L'odiava perquè ara era com un mirall en el qual no sabia si reflectir-se, si valia la pena fer-ho o no.

Li pesava tant l'ànima...

–Saps que l'avi de la mare ha desaparegut? –va dir a les finestres del cinquè pis.

Al lluny va veure els llums d'un cotxe patrulla de la guàrdia urbana.

No havia fet res, no era sinó un noi caminant sol a les tres de la matinada d'un dissabte... No, ja era diumenge. A les tres de la matinada d'un diumenge qualsevol. Però de sobte era com si portés la marca del diable al front, el pes dels delictes que en Mateo i en Fede anaven a cometre gràcies a ell.

Així que va fer mitja volta i va allunyar-se d'allà, igual que un gos sota la pluja, a buscar noves olors amb què guiar-se, de retorn a la seva cort compartida amb en Justo i en Plácido.

Va trigar a comprendre que ja estava fugint.

Ho va veure quan s'hagué d'aturar per vomitar una altra vegada.

LES PISTES

29

No només l'estimava: l'adorava.

La Felicitat era la persona més sexi, bonica i meravellosa que hagués vist o tingut mai a la vida. Quan li ho deia, ella reia. Es burlava de la seva cara de babau. Insistia que era passió d'enamorat, que la veia d'una manera falsa, il·lusòria. I a ell li importava poc el que ella opinés. Ho sentia i punt. Per a ell ho era tot.

A vegades no es cansava de mirar-la, només mirar-la.

A vegades.

En aquell moment, la seva presència era tot el contrari. La pitjor distracció.

–Què fas?

–Un minut.

–M'has dit el mateix fa una hora.

–Una hora?

–Va, vine.

El va envoltar amb les mans. Li va fer un petó al coll. L'Eduard duia el tors nu, així que se li va posar la pell de gallina en sentir la humitat de la llengua damunt la seva pell, absorbint-li l'energia. Les mans de la Felicitat eren precioses, i duia sempre les ungles llargues i cuidades. Els llavis guardaven el sabor de totes les essències.

–Amor...

–Vine.

–Ja vinc.

–No, ara.

–De debò, un minut. –Va entrebancar-se en teclejar a l'ordinador, i va comprendre que s'havia de donar per vençut.

–Abans no duraves ni un minut. –Ella va asseure's sobre seu, oberta de cames, de cara, i li va besar el front, els ulls, el nas, les galtes, els llavis...

–Ets dolenta.

–Ja ho sé –va dir posant cara de nena tremenda.

–He d'acabar això abans de demà.

–Si no m'abraces no puc dormir.

La pitjor disjuntiva. L'Eduard va mirar per damunt de l'espatlla, direcció a la pantalla. L'últim que havia escrit, atropelladament, era el nom d'aquell alcalde assassinat a San Agustín del Valle la tardor de 1977.

«Un crim professional», ho havien anomenat.

Però, qui volia matar, professionalment o no, un alcalde de poble, un membre de la vella guàrdia, tot i que el succés hagués tingut lloc al cap de gairebé dos anys després de la mort de Franco, en plena etapa dura, camí de la transició?

I quin valor s'havia de donar al fet que José Bolaños fos fill d'Antolín Bolaños, alcalde de San Agustín del Valle en els dies de l'alçament nacional?

L'alcalde que havia ordenat posar-se de part dels rebels i, amb el suport de la Guàrdia Civil, decidit la sort del poble i la mort d'Els Tretze de San Agustín.

Existien les casualitats en un món tan complex com el de l'Espanya de les dues cares?

–Apago l'ordinador –va rendir-se.

–Paraula d'honor?

–T'ho juro.

La Felicitat li va donar un últim petó i es va aixecar de damunt seu. Duia una combinació de seda blanca, curta, sense mànigues, amb dues tiretes lleugeres, i semblava una deessa, o una vestal. I ell una mena de xai disposat per al sacrifici.

Gustós.

L'Eduard va desar el que acabava d'escriure i va tancar l'ordinador. La Felicitat ja estava asseguda al llit, exuberant. Una flor de lotus enmig d'un estany blavenc. Va renunciar a la temptació i es ficà al bany per rentar-se les dents. Va trigar més del compte, perquè a la mínima, es quedava penjat dels pensaments. Quan va acabar de rentar-se tornà a l'habitació, i a peu coix es va treure els pantalons. La Felicitat el va rebre amb una abraçada tendra, càlida i plena de sospirs de pau.

–Ja era hora –li va xiuxiuejar.

–Si m'acomiaden m'hauràs de mantenir.

–Calla.

–Ja.

–Ets meu. –Li va besar la galta i va acomodar-se entre els seus braços, amb el cap recolzat al pit.

L'Eduard no va dir res.

Una vegada i una altra, per les esquerdes de la ment, apareixia la fotografia de Damián Peñalver, somrient, feliç, enamorat i lliure, a punt de ser pare, amo del seu destí.

El 1936.

–Eduard.

–Què?

–Puc sentir el rum-rum dels teus pensaments.

–No és cert.

–Estàs físicament amb mi, però no mentalment.

–Que no.

–Vinga, explica-m'ho.

–El què?

–No siguis plom, vols? Explica-m'ho. Això hi ajuda.

Solien parlar de la feina. No eren feines normals, així que sempre hi havia un component atractiu en totes dues. La fira o el congrés de torn, els assistents, nacionals o estrangers, les paròdies dels japonesos o els alemanys, els anglesos o els de qualsevol altra banda del món. I pel que feia a ell, el nou reportatge, la darrera entrevista, la investigació de tal tema o tal altre...

–Creus en les casualitats? –L'Eduard va recuperar els interrogants del cas allà on els havia deixat.

–Sí.

–Jo no.

–Va ser casual que ens coneguéssim, no?

–Això ja estava escrit. De totes maneres, no em refereixo a aquest tipus de casualitat.

–Què has descobert?

–Que la història sempre deixa rastre, i que tard o d'hora, el temps es tanca formant un cercle.

–Si no em parles en cristià no et segueixo. –La Felicitat va deixar de repenjar el cap al seu pit i va arraulir-se aferrant-se-li al braç però de forma que pogués mirar-lo.

–He de tornar a parlar amb aquelles dues dones.

–Hi tornaràs?

–Sense aquell cos no hi ha pau possible. I ara, amb el que he descobert...

–Què has descobert? –Ho va dir com si li ho tragués per força.

–Durant l'alçament, l'alcalde de San Agustín era un home que es deia Antolín Bolaños. El mateix dia 18 de juliol del 36 es va posar a favor de l'alçament i el poble es va fragmentar en dos bàndols, com a tantes parts d'Espanya. Bolaños va tenir la sort que la Guàrdia Civil li donés suport en contra dels fidels a la República. Quan van acabar-se els trets, els tretze homes que van tancar-se a l'escola van constituir el darrer reducte de la resistència. La defensa va ser numantina, però inútil. Nou dies després cauen, se'ls aplica la *saca* i el passeig...

–I això què és?

–És la prèvia abans de l'afusellament. Primer els *sacaban*, entens?, de casa seva, d'on fos... i després els passejaven davant de tothom –va dir l'Eduard prosseguint el relat–. Un dels més actius durant la repressió, i que també va formar part de l'escamot d'afusellament, va ser en Claudio Bolaños, fill de l'alcalde i braç dret del seu pare. Aleshores en Claudio tenia dos anys més que en Damián Peñalver, perquè te'n facis una idea. –Va sospirar, i com a fanfàrria final va afegir:– el mateix Claudio Bolaños que la tardor de 1977, sent alcalde de San Agustín, com ho havia estat el seu pare, mor assassinat a ganivetades i per causes desconegudes a prop del poble.

–Qui ho va fer?

–Ni idea. Mai no es va atrapar el culpable. Però qui ho va fer era un professional. Va dessagnar-lo i va seure al seu costat veient com es moria.

–Jesús!

–Saps quant triga una persona a dessagnar-se completament?

La Felicitat va estremir-se tant que se li va eriçar tot el pèl moixí del cos. Va aferrar-se encara més a ell buscant empara.

–Saps que ho aconseguiràs?

–El què?

–Que no pugui dormir.

–Tu has preguntat.

–Ah, molt bé, ara me les carrego jo.

L'Eduard no va dir res més.

Un poble on no passava mai res. Mai. I els únics fets esdevinguts al llarg de la història tenien alguna cosa més que una sospitosa relació entre si.

Tret que la mort d'en Claudio Bolaños, certament, no tingués res a veure amb el passat i fos una simple venjança d'aquell present.

Casualitats?

A vegades ser periodista era com una maledicció. El que menys, es creia un il·luminat predestinat a l'èxit professional. L'exclusiva d'una vida. I això a ell també l'afectava. Un creia veure llums en la nit més fosca.

Instint.

–A aquest home assassinat el 77, en Bolaños, li van robar una cosa.

–Ah, sí?

–El rellotge. Un d'aquells rellotges antics, amb una cadena i una tapa que s'obre.

La Felicitat li va fer un altre petó a la galta.

–Però això va ser el 1977!

L'Eduard va estirar la mà lliure, va apagar el llum de la tauleta i va acomodar-se tan bé com va poder sense deixar d'abraçar la seva xicota. La respiració d'ella va compassar-se al cap de pocs segons.

La seva no.

30

En Germán va obrir la porta del pis i es va trobar al mig de l'escena.

En Justo i en Plácido intentaven recompondre-ho tot, ordenar les seves escasses pertinences, superar el caos i tornar a la normalitat.

–Què ha passat aquí? –va al·lucinar en veure tot com estava.

Se'l van quedar mirant com si fos una pregunta estúpida.

–Tu què creus? –va dir en Justo.

–Han entrat. –En Plácido va fer un gest evident.– O et penses que ens hem dedicat a deixar-ho tot de potes enlaire?

En Germán va quedar-se de pedra.

–Entra i tanca la porta, hòstia. –En Justo li retreia la seva immobilitat.– Si passa algú i veu això es pensarà que som uns porcs.

Va obeir l'ordre. Tancà la porta i va mirar al seu tros. En Justo i en Plácido es dedicaven a les seves coses, així que allà on ell hi tenia el matalàs ara mateix era el pitjor racó. Quan la sang li va començar a circular de nou per les autopistes del cos, va tenir un accés de congestió.

–I qui ha estat? –va preguntar.

–Ni idea. O et penses que han deixat una targeta de visita?

–I què han robat?

–Res.

–Res?

–No, res! Vols ajudar?

–Doncs per què han entrat?

–I jo què sé, tio! –En Justo estava enfadat de debò.– Per tocar els nassos, perquè es pensaven que teníem milions amagats en alguna banda.

–La porta no estava forçada –digué en Plácido–. Qui hagi sigut ha entrat sense fer-se notar, amb algun espanya-portes o una d'aquelles claus fantàstiques que tenen tots els lladres de les pel·lis. És clar que per obrir aquesta porta tampoc no cal haver fet un màster.

–I no poden haver estat els veïns?

–Aquells? –El to d'en Justo era de menyspreu.– Aquella colla de cagats? Es queixen en veu baixa, però quan ens veuen, res de res. Com a màxim una mirada travessada, com la dona de sota.

–T'imagines un veí d'aquests arrasant tot això per acollonir-nos o alguna cosa semblant?

En Germán se'n va anar al seu racó. No sabia ni per on començar. Tota la roba disseminada a consciència, o almenys aquesta era la sensació que feia. De seguida va pensar en aquells dos, en Mateo i en Fede. Després va adonar-se que no tenia cap sentit. Eren socis. Per què havien d'entrar al seu pis i provocar tot aquell desgavell?

–Estem ficats en algun embolic? –va preguntar de sobte en Justo.

–Què vols dir? –En Germán va sentir-se al·ludit, tot i que el to era genèric.

–Doncs el que he dit. Algú té problemes o s'ha ficat en algun merder que els altres desconeixem i que hauríem de saber?

Tots tres van mirar-se entre si. El pit d'en Germán pujava i baixava. Sentia aquella pressió tan habitual al pit quan se li col·lapsava la ment. I ara la tenia molt més que col·lapsada.

–Una cosa està clara –va intervenir en Plácido, més transigent–. No s'han tallat ni un pèl. Si buscaven alguna cosa han arrasat, i si no buscaven res, perquè s'hauria d'estar boig per creure que aquí hi podia haver alguna cosa de valor, han volgut avisar-nos.

En Germán va començar a recollir les seves coses.

No coneixia gairebé ningú de la ciutat. En Justo i en Plácido, en Mateo i en Fede, la Raquel.

I per què suposava que havia de ser per ell?

Va mirar els seus dos companys de pis. La fúria d'en Justo era sòlida. La d'en Plácido més relaxada. Feia honor al seu nom.

Allò era absurd, no tenia cap mena de sentit.

–Farem una col·lecta i canviarem el pany –va continuar en Justo.

–Sí home –va protestar en Plácido–. Pel temps que estarem aquí...

–Si han forçat el pany tan netament, en podrien forçar un altre –digué en Germán.

La paraula «professionals» va atrapar-los a tots tres.

I la pregunta era la mateixa.

Per què?

31

Primer va pensar que s'havia equivocat de porta. La noia que va obrir no l'havia vist mai. No era espanyola, sinó sudamericana, potser equatoriana o peruana, trets indígenes, pell torrada, de cos generós, malucs amples, molt de pit, llavis molsuts i ulls profunds. Només duia uns pantalonets dues talles més petites i un top tan ajustat o més. Tenia els peus molt grans.

–Sí? –li va preguntar.

–En Mateo i en Fede?

–Passa.

La voluptuositat que l'acabava de rebre se'n va anar per un passadís, sense gaire entusiasme. En Germán va esperar mentre mirava l'absència de decoració. Estava en una planta baixa. No sabia si el que robaven ho guardaven allà o ho duien directament al comprador, un joier, un antiquari o un prestamista.

Va sentir uns crits, llunyans, però no tan ofegats per no sentir-los. Una veu d'home que preguntava qui era i la de la noia que responia no saber-ho. Després la d'ell que li cridava idiota i la d'ella dient que era un jove. Va pensar que la sud-americana tornaria per preguntar-li el nom, però no ho va fer.

L'espera es va prolongar uns dos o tres minuts.

Fins que pel mateix passadís va veure aparèixer en Mateo, amb calçotets llargs i samarreta, lluint la cadena d'or al pit i amb cara de pocs amics.

–Què fas aquí? –li va preguntar d'entrada, sense cap mena d'alegria–. Vam quedar que ens veuríem tan poc com poguéssim.

–Hi ha un pis que sembla interessant –va mentir en Germán–. El vaig veure ahir.

–On és?

–Al carrer Nàusica.

–Millor que els altres que ens vas donar?

–No, semblant.

En Mateo va plegar els braços. No el va fer passar. Continuaven al rebedor del pis. Al carrer era una persona, allà dins una altra. En Germán va intentar imaginar-se la seva vida i no va poder. No semblava viure d'acord amb la seva «feina». O potser era una tapadora, aparençar discreció per no mostrar luxes innecessaris.

–Què vols, Germán? –li va preguntar l'amo de la casa.

–Han regirat el meu pis.

L'altre no es va immutar.

–Ho han deixat tot de cap per avall –va continuar ell–. No té cap sentit, perquè no tenim res, ni jo ni els meus companys.

–Creus que he anat al teu pis a robar-te?

–No home, no.

–Té gràcia. –En Mateo va esbossar un somriure sarcàstic.– Tu ens ajudes a robar a nosaltres i uns altres et roben a tu...

–No, si no m'han robat res.

–Doncs, què vols? –va repetir la pregunta.

–Heu fet res ja?

–Sí.

La notícia el va impactar.

–Quan?

–Anit, el dels segells.

–I com va anar? –No estava segur que fos la pregunta adequada.

–No hi havia ningú. Vam netejar tot el que es podia netejar. I no preguntis com perquè això és cosa nostra. Ho vam repassar tot. D'aquí a uns quants dies tindràs la teva part.

–Quant pot ser?

–No ho sé.

–Vinga, home. Teniu experiència. Més o menys...

–Depèn del que valguin aquells segells.

–Ja, però...

–Uns dos mil euros.

–Només?

–Què més vols, xaval? –La cara d'en Mateo va omplir-se de suficiència.– Tampoc no vam sortir amb tots els mobles. Vam endur-nos el que vam poder. I per a tu, dos mil és una fortuna.

En Germán va sentir un rampell d'ira.

–I com sé que no m'enganyeu?

–No ho saps. –En Mateo va alçar la barbeta.– Però no ho fem.

–I jo com ho sé, això? –va insistir.

–Perquè som socis –va continuar amb els braços plegats al pit–. I els socis no s'enganyen. Soci content, negocis de futur. Farem bons tractes, Germán. Així que tranquil.

–Podeu avançar-me'n uns quants?

–No.

–Per què? –li va sorprendre la forma categòrica de dir-li-ho.

–Perquè els diners són diners quan arriben, no quan estan de camí.

–Vinga, home.

–Vaig just, tio. Feia dies que no actuàvem, esperant pisos com els teus. Però tranquil, d'acord?

–Només cent euros, per poder convidar una noia.

En Mateo va mossegar-se el llavi inferior. Semblava cansat. La noia sud-americana va treure el cap pel passadís. Va retirar-se ràpidament en veure que continuaven allà parlant.

–Cent euros –va repetir el lladre de pisos.

–Si us plau.

Va fer mitja volta i desaparegué. Aquest cop va trigar molt poc a tornar. Ho va fer amb tres bitllets de 20 euros a la mà. Els hi va donar.

–És tot el que et puc donar ara, i contravenint les ordres, d'acord? –el va prevenir–. No t'hi acostumis perquè ni sóc un banc ni aquí s'avança res.

–Gràcies, Mateo.

–Ara parlem d'aquest pis del carrer Nàusica –va tornar a plegar els braços i es va recolzar a la paret del rebedor.

32

El timbre del telèfon la va sobresaltar perquè en aquells moments a la pel·lícula de la televisió estava passant l'escena capital. Silenci a la pantalla. Silenci a la casa. La Narcisa Peñalver no entenia gaire bé de què anava, però això tant era. Feia anys que les pel·lícules modernes se li escapaven. Massa rapidesa, massa persecucions, massa sexe, massa noms estrangers i paraules que no entenia, ordinadors, mòbils...

–Clara! –va cridar.

Estava sola, així que va lamentar quedar-se sense saber si a la noia la mataven o no, tot i que estava segura que sí, perquè la música sonava a matar. Quan es posava dolça arribava l'hora dels petons i els nus. Però aquella era, sens dubte, música de matar.

Els assassinats, a les pel·lícules, sempre eren molt realistes.

Va alçar-se de la butaca al tercer truc del timbre i va anar a buscar el telèfon que penjava a la paret. No va abaixar ni treure el volum del televisor, així que quan va despenjar a penes sentia res perquè la música arribava al clímax i un crit terrible ho va inundar tot.

Havien matat la noia.

–Qui és?

–Sóc l'Eduard Calvo, el periodista. Vostè és la Clara?

–Com diu? Parli més fort! Sóc la Narcisa! Qui diu que és?

La música seguia molt alta. Va tapar-se l'orella lliure. Per sort va ser el moment que va aparèixer la seva filla Clara.

–Mare! Per Déu! Ja sents res?

Va fer-se la pau. El televisor va emmudir. Ara sí, la Narcisa Peñalver va poder sentir el seu interlocutor.

–Sóc l'Eduard Calvo, el periodista.

–Ah –no va saber què dir-li–. Amb qui vol parlar?

–Amb vostè, si m'ho permet.

La Clara Crespo va aparèixer al seu costat, per si podia ajudar.

–És el periodista –va informar-la la seva mare. I després ella va continuar amb ell:– Què vol saber, ara?

–He trobat una cosa i m'agradaria comentar-la-hi, si no li fa res.

–Bé, no ho sé... Ja li vam dir tot el que sabem l'altre dia.

–Hi va haver un alcalde el 1977 que va morir assassinat, Claudio Bolaños. Era fill d'Antolín Bolaños, l'alcalde del 36. M'agradaria saber si vostè pot dir-me'n res.

–Clar que puc –digué l'àvia–. En Claudio Bolaños va ser un dels que va dirigir l'atac a l'escola on es van refugiar els tretze, igual que el seu pare. I li'n diré més: en Claudio va ser un pretendent de la meva mare.

–De debò?

–La meva mare era molt guapa –va proclamar amb orgull–. La va aconseguir el meu pare però tots els mossos del poble van intentar pretendre-la, i naturalment en Claudio també, que era dos anys més gran que el pare i amb tots els diners que ell no tenia.

–Així que en Claudio Bolaños va perdre la partida.

–Sí.

–I s'ho va prendre molt malament.

–Doncs clar que s'ho va prendre malament. Aquesta gent no admetia cap derrota. Eren dels que pensaven que amb diners s'aconseguia tot. I no. El meu pare era una gran persona, i s'hauria fet ric igualment perquè era treballador i tenia cap, sap? Molt cap. Tothom ho deia. Quan es van fer nuvis amb la mare, els Bolaños van treure les urpes. Van anar a per ell. Els van fer la vida impossible, a tots dos, fins que va començar la guerra...

–Per tant, hi havia un motiu que no era polític pel qual en Claudio Bolaños desitjava la mort del seu pare.

–Uf! –va rebufar la Narcisa Peñalver–. Estava gelós de mort. Volia tenir la noia més guapa del poble, com fos, i que ella el rebutgés per un altre... Sens dubte no va rendir-se. Després de la mort del meu pare, en Claudio no va parar d'empaitar-la.

–Tot i estar embarassada?

–Ja m'havia tingut a mi, però sí. Quan les coses van calmar-se. Al poble la guerra només va durar aquells nou dies. Després vam quedar a la zona nacional i aquí s'acaba tot. En Claudio li va dir que em posarien els seus cognoms i m'adoptaria. Li va arribar a dir que «la perdonava». Que la perdonava! El molt porc! Tu creus, com podia la meva mare unir-se a un dels assassins del seu marit?

–Què va passar, després?

–Res. Aquí s'acaba tot. En Claudio va casar-se amb una senyoreta de la capital, va ser alcalde, va morir en aquelles estranyes circumstàncies i ella va tornar a la capital amb els seus fills.

La Clara va fer un senyal a la seva mare.

–I pel poble, què va representar aquell assassinat? –va continuar l'Eduard.

–Va ser una revolució, és clar. Molta gent ho hauria fet, perquè eren dolents, molt dolents, el pare i el fill. Potser fins i tot el fill ho era més, fixi's. No el vam plorar gaire. La democràcia ja començava a netejar el país.

–Mare... –va insistir la Clara.

–Un moment, que la meva filla no sé què vol dir-me –i sense tapar l'auricular li va etzibar–: Què passa? No veus que estic parlant amb aquest jove?

–Explica-li això de l'Edelmira.

–Per què?

–Explica-li-ho!

A l'altra banda del fil telefònic, l'Eduard va intentar intervenir en la conversa.

–Què m'ha de contar, senyora Narcisa?

La filla d'en Damián Peñalver vacil·là només un instant.

–L'altre dia, el dels funerals, després que vostè se n'anés... va venir a veure'm una d'aquí, del poble, que es diu Edelmira González, i ens va dir que potser el meu pare no va morir aquella nit a l'afusellament, o almenys que la persona que l'apuntava, que era el seu pare, no li va disparar.

–Com... diu? –va sentir que balbucejava el periodista, sorprès.

33

La Raquel es va quedar bastant sorpresa en veure'l.

–Què fas aquí? Avui no t'esperava.

–No treballo.

–De debò? Per què?

–He dit a l'encarregat que estava malalt. Volia passar una estona amb tu, sense presses ni res d'això.

–Bé –li va somriure.

No s'havien besat, ni tan sols a les galtes. Les seves amigues ja enfilaven carrer avall o carrer amunt, per allunyar-se de l'institut. Les mirades sempre eren notòries, curioses. Encara no hi havia gaires «nòvios» esperant-les a les tardes, així que només amb la presència d'un ja s'esveraven.

Dos o tres van encendre una riallada col·lectiva que els va atrapar de ple malgrat la distància.

–Segur que m'estan escorxant –va sospirar en Germán.

–No et pensis.

–Doncs estan mirant de reüll.

–Veus la dels cabells llargs, tenyits? Em va dir que eres «molt mono».

–No siguis dolenta! –li va dir donant-li un cop de maluc que la va desplaçar gairebé un metre.

–No sóc dolenta! Et dic la veritat! I a aquesta li agraden els cromos.

–Jo sóc un cromo?

–Que no, burro. –Es va posar a caminar en direcció a la primera cantonada.– Au va, marxem d'aquí.

En Germán es va posar al seu costat. En arribar a la cantonada va entendre que el camí que la Raquel seguia era el de casa seva, com cada tarda.

–On anem? –va alarmar-se.

–Deixo els llibres, em canvio i baixo, d'acord?

–D'acord –va sentir-se més alleujat.

Les seves passes van compassar-se. L'únic frec era el dels seus braços en caminar, i a vegades, el de les mans. Però no van agafar-se. Com si la Raquel intuís que el que ell més desitjava era besar-la, va passar-se la llengua pels llavis. Hi va deixar un to de maduixa humida i en Germán encara la va desitjar més.

–Sembla que el tema del teu poble s'ha calmat. –La noia va trencar el silenci.

–Tampoc no donava per a més.

–Carai, que un cadàver desaparegui d'on se suposa que ha d'estar, això té molta tela.

–Les notícies d'avui són l'oblit de demà. –En Germán va fer-se l'indiferent.

–No sents curiositat?

–No.

–Era el teu besavi, el pare de la teva àvia i l'avi de la teva mare!

–I què? Va passar fa un milió d'anys. A mi tot el que tingui a veure amb la guerra civil em fa vomitar. –El seu rostre va revestir-se de fàstic.– Tu no has viscut tota la vida allà, amb la meva àvia parlant sempre del mateix, mirant les muntanyes des de casa, aferrada al passat. La meva besàvia també va morir-se jove. La guerra va acabar fa una eternitat, però al poble encara es viu amb la gent ancorada als fets, amb els sentiments congelats.

–Però és que és normal. –La Raquel va fer d'advocat del diable.– Molts dels que s'hi van barallar encara són vius, o els seus fills. Com vols que ho oblidin?

–Per què et penses que me n'he anat?

–Mira, Germán –la noia va posar-se seriosa–. Crec que aquest país no ha fet mai justícia amb aquesta gent, amb els morts, els desapareguts, els exiliats... Per favor, Franco va morir fa trenta anys i encara hi ha coses com aquestes fosses que estan per resoldre. No ho trobes demencial? Per què no es desenterren d'una vegada i es posa punt final a tot plegat?

–La gent vol oblidar.

–Tu vols oblidar. Els altres no poden. Els que esperen justícia no oblidaran mai. Mira, la història sempre torna, i es revisa o es repeteix. Fixa't a Xile, amb Pinochet. Cop d'Estat, molt d'heroisme, resistint perquè no el jutgessin... però al final no només va enfonsar-se sinó que li van trobar no sé quants milions en bancs suïssos. Quin porc! Tard o d'hora algú passa comptes.

–I a tu per què t'agrada tant parlar d'això?

–M'apassiona la història, saber d'on venim, qui vam ser abans i per què hem arribat fins aquí d'una manera o d'una altra. I et diré una cosa: parlar amb els meus avis em sembla genial. No crec que expliquin batalletes, sinó que són testimonis únics d'aquesta història. El que han vist, el que han viscut, és extraordinari. Quan mor un avi morim una mica tots els que hi som a prop. Per això em sembla tan injust que molts néts i nétes passin d'ells i els vegin només com unes relíquies. Tots serem relíquies un dia! Conèixer la història és com haver vist una pel·lícula genial. –Va coronar el seu èmfasi afegint:– Saps que quan els meus pares em van dur a Egipte l'any passat, vaig plorar com una beneita veient les piràmides?

–Ets una romàntica.

–I tu molt dur, però només de paraula –el va provocar.

–Jo?

–Estàs massa tancat i tens massa necessitat de semblar fort per adonar-te'n.

En Germán va aturar-se. No va saber què respondre. La Raquel ho va fer tres passes més endavant.

Quan la va atrapar ja no va esperar més.

Estaven lluny de l'escola, en un carrer intermedi, a recer de mirades. Va acostar els llavis als d'ella, va vacil·lar, i en veure que la noia no apartava el rostre va completar el recorregut i la va besar.

El món sencer va esfumar-se-li de la ment en una explosió d'amor i pau que el va embolcallar tot.

34

No era el seu fort, tenia por, però li ho va haver de dir.

–Raquel.

–Què?

–Des que et conec...

–Sí, ja ho sé. –Ella ho va acceptar amb la mateixa timidesa.

–No saps què anava a dir.

–No fa falta que ho diguis.

–És que això és... molt fort. No sé què em passa, ni com...

–Va, no siguis burro.

–T'has posat vermella?

–Doncs sí, què passa?

–Vine.

Va intentar aturar-se de nou, però aquesta vegada ella no va cedir.

–Aquí no, va. Estem massa a prop de casa.

–I a aquestes hores qui pot veure'ns?

–No ho sé, però segur que hi ha algú.

–M'agrada molt fer-te petons.

–Ja.

–Volia dir-te que... no sempre treballaré repartint pizzes.

–M'ho imagino.

–Sé que aconseguiré el que desitjo.

–Per què em dius això? –El va mirar, dubtosa.

–És que ja sé que ara no sóc més que...

–Ei, ei. –Va impedir que conclogués la frase sense ni tan sols alçar la veu.– Jo no sé què faré quan acabi l'institut, quina carrera estudiaré. M'agrada la història, però el meu pare segur que voldrà que en faci una altra amb més sortides, sempre les sortides! Està clar que no ens quedarem on som, i que la gent fa plans. Si comences a dir-me que no ets més que «un vulgar» repartidor de pizzes –va posar èmfasi a l'expressió–, comencem malament, d'acord?

–El teu pare és algú.

–Germán... –va protestar adolorida.

–Si ens seguim veient...

–Què? –Ara sí que es va aturar a mig carrer.– Si ens seguim veient, què? A mi també em té desconcertada això, i que vagi tot tan ràpid, però no hi vull pensar. No val la pena fer-ho. Em deixo portar i ja està. Què vols?

–No et fa por?

–Només em fa por una cosa: el teu cantó ocult.

–El meu cantó ocult?

–Una part de tu està plena de tenebres, i per més que ho intentis no ets capaç de veure una llum. L'altra en canvi és lluminosa, radiant. Està plena d'energia, de força, de passió. La mateixa passió que farà que aconsegueixis tot el que et proposis, segur.

–Jo no sento que tingui una part fosca.

–La tens. Has viscut en un poble que t'ha aclaparat, amb el pes dels records de la teva àvia, amb la manca d'un pare i el sentiment de buidor i la frustració de la teva mare... què més vols? Entenc que hagi estat dur. I no dic que sigui fàcil sortir-ne. Però hi estàs ficat, i mentre hi estiguis aquest costat fosc et dominarà, t'angoixarà i et farà sentir com et sents ara.

–I com em sento?

–Malament.

–No facis Història. Fes Psicologia –li va recomanar.

–T'ho dic tal com ho veig –va xiuxiuejar ella–. Però alhora tinc una gran confiança en tu. I alguna cosa més.

–Què més?

–Esperança.

–Ets... increïble.

–No, no ho sóc. No tenia pensat conèixer-te, ni anar amb un paio calent que només pensa a fer-me petons. Res d'increïble.

–I a més ets genial –va somriure en Germán.

–Ja, segur. –Ella va reprendre la marxa.

–No em podré esperar pas.

–A què?

–A fer-te un altre petó.

–Mira que ets...!

–A tu també t'agrada!

–Comencem obsessionats, veig.

–No, però...

Va ser la Raquel la que el va empènyer a dins d'un portal, i també va ser ella qui el va acorralar fins que en Germán va alçar els braços i la va encerclar per evitar que se li escapés. Encara que ella no ho pretengués pas.

Aquest petó va ser molt llarg, molt dens, molt especial. El petó de la veritat definitiva.

35

Va fer tot el camí de retorn a casa en un núvol, surant, vivint l'èxtasi més fort que mai s'hagués imaginat. Se sentia capaç de tot, fort, segur, fins i tot poderós. Sí, aquesta era la més forta de les sensacions: el poder. Si li servissin el món, se'l menjaria. L'emoció de la vida li recorria el cos, saltava per les terminacions nervioses, li agitava l'ànima i els sentits. L'emoció es convertia després en ganes de cantar, de cridar, d'enfilar-se més i més, en una espiral sense fi, ebri de deliri.

La Raquel.

La Raquel i ell.

Meravellós.

Els miracles existien. Que la Raquel fos capaç de veure el que ningú més no havia vist el desbordava. Era el seu zenit.

Estava al capdamunt de tot.

Necessitava calmar-se. Era un sac de nervis. Va ficar-se de cap al seu vell portal i va enfilar els graons de tres en tres. En Justo i en Plácido treballaven, així que tindria el pis per a ell sol. Posaria música, s'estiraria, tancaria els ulls, recordaria cada petó, cada mirada...

Va aturar-se davant la porta de la seva cort, sempre en penombra malgrat l'altura del replà, va buscar la clau per la butxaca i aleshores algú, sorgint de l'últim tram d'escales, el que conduïa al terrat, el va empènyer per darrere i el va subjectar.

–Quiet –va sentir la veu a l'orella.

Era una clau de professional de les arts marcials. No li feia mal. Només l'immobilitzava.

Se li va disparar l'adrenalina.

La por.

Era el dia més feliç de la seva vida. La Raquel ho omplia tot.

–Si us plau...

L'home va afluixar la pressió. A poc a poc, molt a poc a poc, el va girar fins que es van quedar cara a cara. En Germán li va veure els trets, vulgars, normals, trenta anys, vestit correcte, ulls petris, una cicatriu a la galta esquerra.

–Què... vol? –va articular sense forces.

–Tens sort. Avui només et toca escoltar, espavilat.

–No... tinc diners.

–Estàs sord? Et dic que avui només et toca escoltar. No vull els teus diners, espavilat. Sóc el teu àngel de la guarda.

No entenia res. L'única percepció que tenia era que no li faria mal. Però això no el va relaxar. Continuava agafat, sentint la pressió, i per damunt de tot, la por. Era jove. Jove i fort. Però sabia que no tenia res a fer davant d'ell.

N'hi havia prou amb la mirada.

–Estàs bé?

–Sí –va moure el cap.

–Mira'm.

Ho estava fent. El va recórrer un calfred.

–Deixaràs de ficar-te en embolics, d'acord, Germán?

Sabia el seu nom. Allò era un malson. Una absurditat.

–Jo...?

–Els teus amics, en Mateo Encinas i en Federico Valle, van robar al pis del carrer Escipió 57. Et sona?

Estava gelat. Fred com un glaçó.

–Passa'ls un altre informe i acabaràs a la presó. –Li va parlar tan a prop que l'alè el va colpejar.– S'ha acabat, ho entens? S'ha acabat, espavilat. Deixaràs de ser un estúpid. Tens una xicota preciosa. No l'arrisquis.

La Raquel.

Era com si ho sabés tot de...

–Com...?

–Ho sé i punt.

–Ets po... licia...?

–Si ho fos estaries a comissaria, i ells a la presó.

–Doncs... qui ets?

–Ja t'ho he dit: el teu àngel de la guarda. Tens tota la sort del món i més. Aprofita-la.

–Per què? –va arrufar les celles, al límit del desconcert.

–Perquè algú s'interessa per tu i no vol que et passi res. Per això. –Va continuar tan a prop que malgrat la penombra va veure's reflectit a les pupil·les de l'home de la cicatriu.– De moment no saps la desil·lusió que s'ha endut amb tot això. –Va fer petar la llengua mitja dotzena de vegades.– Saber que no eres sinó un simple lladregot...

–Jo no sóc un...

El va prémer una mica contra la paret i va alçar una mà. L'aturà a dos pams del seu nas, oberta.

–T'estic espantant, xaval –li va dir–. Un ensurt, punt i a part. I també un avís de col·lega. –Ho va pronunciar per quedar-se amb ell, imitant el to i l'argot d'un adolescent.– Aprofita-ho i no la caguis, ara que estàs a punt de tocar el cel.

–Però de què estàs... parlant? –Va intentar recuperar-se.– Estàs boig?

–Ho estàs tu si no em fas cas.

Això va ser tot. La pressió va cedir. L'home de la cicatriu va apartar-se de davant seu i va fer una passa enrere. En Germán no va intentar res. Era absurd. Sabia que estava alerta i amb la guàrdia atenta. No el perdia de vista. La cicatriu era una osca. Els ulls, dos fars en la nit.

–Ho has entès?

–Sí.

–Au, obre la porta.

Va treure la clau i la va ficar al pany. Va adonar-se de com tremolava en comprovar com li costava introduir-la al forat. Va obrir. L'home va aprofitar per baixar els dos primers graons.

–Germán, per cert –la seva veu va aturar-lo–. Quant et volien pagar per allò del pis?

–Dos mil.

El seu assaltant va arquejar una cella i va dibuixar una ganyota de burla amb els llavis.

–De debò?

–Un deu per cent.

La ganyota va convertir-se en un somriure esmolat.

–Van endur-se joies i objectes per un valor de 200.000 euros –li va dir–. I una col·lecció de segells que en pot valdre molt més. Treballes barat, i això, a sobre, és d'idiotes.

Va baixar un altre graó.

–Cuida't –li va desitjar.

La foscor de l'escala se'l va empassar mentre baixava sense pressa, xiulant despreocupat.

LES PAUTES

36

En Julián Pérez ho va llegir sense pressa, concentrat, aïllant-se completament fins i tot de la seva presència. L'Eduard va entretenir-se fent ninots en un dels fulls de paper blanc que solien omplir la taula de reunions. No estava nerviós, però sí inquiet. De tant en tant alçava els ulls per centrar-los en el seu superior, però no veia que el seu rostre transmetés cap mena d'emoció. Només el front arrugat denotava una plena immersió en el text, un text que ni tan sols era l'article definitiu, només un resum d'intencions.

Però era massa diferent del que li havia demanat a l'inici per al dominical, així que no s'atrevia a tirar endavant sense més ni més i acabar perdent el temps.

El cap de redacció va deixar l'escrit damunt la taula.

Li va llançar una de les seves mirades d'acer.

–D'acord, què? –va rendir-se l'Eduard.

–Ja veig que t'ho has agafat com alguna cosa personal.

–Sempre que escric m'hi fico a fons.

–No em vinguis amb rotllos, Eduard.

–Carai, mestre. Em pensava que...

–Vejam –el va interrompre–. Aquesta és la teva història?

–Sí.

–Amb això pretens fer un article?

–Sí.

–Amb cent preguntes a l'aire i ni una sola resposta?

–El tipus aquest no va morir aquella nit. Li sembla poca cosa?

–Això és una suposició. I una suposició és el que més s'allunya del periodisme de veritat que puguis oferir a la gent.

–Per què no es fia de mi? –va lamentar l'Eduard.

–Perquè això no és una pel·lícula, ni tu l'heroi. Ja t'ho vaig dir.

–Sóc un bon periodista d'investigació. Vostè mateix ho va dir.

–Segur? –En Julián Pérez s'ho va prendre a broma.

–La gent m'explica coses. Tinc cara de bona persona.

–Ets un cregut.

–Doni'm un parell de dies i li asseguro que en trec alguna cosa més.

–Per a què?

–Vinga, mestre! Parla seriosament? Aquest cas és bo! És diferent! Ho té tot, especialment el punt humà! Està fent d'advocat del diable? Vol fer-me la punyeta? No cal, d'acord? Aquesta història és perfecta!

–Eduard, què tens? Un individu desapareix el 1936, fa 71 anys, i ningú no en va saber mai res. Qui li havia de disparar de l'escamot d'afusellament ho va fer a l'aire. Molt bé, el donen per mort, cau un diluvi durant dues hores i no els poden enterrar de seguida. Ho fan quan acaba de ploure i, clar, enmig d'aquell embull ningú no es molesta a comptar si hi ha dotze o tretze cadàvers. Així que suposem que va escapar, amb un braç trencat i sense les dents de dalt, per donar més emoció a l'assumpte. Va arribar gaire lluny? La meva teoria és que no. Va morir en alguna altra part i punt. La seva dona estava de set mesos. L'únic que va fer va ser prolongar una mica el seu final. Queda ningú viu de l'escamot d'aquella nit?

–No.

–Punt mort.

–Sé que va escapar. Si hagués mort en els anys següents el seu nom estaria en alguna banda.

–L'estàs buscant?

–Sí.

–La pregunta és la mateixa: per què no va tornar ni es va posar en contacte amb la seva dona? I no em vinguis amb la teoria de la pèrdua de memòria perquè està molt gastada.

–El poble va quedar a mans dels vencedors, com havia de tornar?

–I després?

L'Eduard no li va dir que, a vegades, les respostes senzilles a les preguntes més enrevessades eren les més factibles. Va abaixar els ulls sense rendir-se.

–Potser va acabar en un camp de refugiats francès en acabar la guerra, i que d'allà passés als batallons de treball, o que anés a lluitar al front contra els alemanys.

–Continua havent-hi la vídua i la filla. No dius que l'estimava amb bogeria?

–Peñalver no és un cognom corrent, com García, Fernández, Martínez...

–O Pérez –va concloure el cap de redacció.

–Només necessito un parell de dies per seguir el rastre. Res més. –L'Eduard li va mostrar el seu esgotament.– Si va sobreviure va haver de deixar un rastre. Hi ha documents de sobres. Només cal dedicar-hi una mica de temps. A més, hi ha això de l'alcalde assassinat.

–Em diràs que té cap relació?

–Doncs vagi a saber. No em digui que no fa mala pinta? I just en morir Franco i amb la transició que anava de debò.

–Moment per a les venjances personals i per passar comptes.

–Exactament.

–Ets un il·lús.

–El va matar algú molt a consciència. Un professional. I hi ha això del rellotge.

–Continues sent un il·lús. A quina facultat de periodisme vas estudiar, a la de Hollywood?

–I si tinc raó, mestre?

En Julián Pérez va apuntar-lo amb un dit.

–Si tens raó no em vinguis aquí perquè m'ho mengi amb patates fregides, d'acord?

Somreia. Aquest era el millor senyal.

–Dos dies?

–Dos dies –va rendir-se l'home.

L'Eduard va alçar-se. Va estendre la mà per recollir les seves notes i, de passada, també va endur-se el paper ple de dibuixets. En Julián Pérez va seguir-lo amb la mirada.

Només quan el jove s'hagué retirat va atrevir-se a somriure d'orella a orella i va amollar un esbufec mig sarcàstic mig orgullós.

37

Va aturar la moto de la pizzeria en un semàfor i va fer un cop d'ull als dos retrovisors, el de la dreta i el de l'esquerra.

No hi havia ningú en especial, o diferent. No va veure res sospitós. I menys, l'home de la cicatriu. Malgrat tot alguna cosa li deia que sí que hi era, en alguna banda, observant-lo, seguint-lo, pendent de les seves passes i de tot el que feia.

Per què?

El seu àngel de la guarda?

Qui podia interessar-se per ell i no volia «que li passés res»?

Què li podia passar?

Com sabia allò d'en Mateo i en Fede, allò dels pisos, la seva intervenció com a observador d'objectius?

Cada cop que es formulava una pregunta es posava a suar. I les preguntes s'amuntegaven, se li acumulaven a la ment fins que la suor es convertia en pànic, se li aposentava a l'estómac, li escombrava els ànims i el reduïa a un sac de nervis.

Va arribar al seu destí, va aturar la motocicleta sobre la vorera, va baixar i obrí la maleta amb els estotjos de plàstic que protegien les capses amb les pizzes. Mentre ho feia, sense treure's el casc, va fer un cop d'ull al panorama circumdant. Un home palplantat a la cantonada que semblava que esperés la xicota o que vengués paperetes. El del cotxe aparcat en doble fila, amb els quatre intermitents. Les dues dones que parlaven al mig del carrer. La moto que passava en aquells moments per allà, fent roncar el tub d'escapament malgrat l'hora que era.

Qui?

Qualsevol.

Cap d'ells no era l'home de la cicatriu, però això tant era.

L'havien seguit. Havien regirat casa seva perquè ho sabés o per avisar-lo, encara que això havia estat abans del contacte directe. Ara tenia dos problemes: en Mateo i en Fede d'una banda, i de l'altra, l'home de la cicatriu.

Tot, menys acabar a la presó.

Més suor freda.

Més por.

Va pujar al pis, la setena planta, a peu perquè l'ascensor estava espatllat. El va obrir una nena d'uns dotze o tretze anys, entremaliada, amb la cara de mitja lluna plena de pigues. La coneixia d'altres vegades. Era un bitxo, però també feia gala d'un desvergonyiment suprem.

–Què, que potser has passat per Andorra?

En Germán va irritar-se.

–Encara no fa mitja hora.

–I per què sempre véns tu?

–És la meva zona i em toca.

–Ja –va semblar que no s'ho creia.

Va agafar la capsa i se'n va anar a l'interior del pis. Era escardalenca, sense formes, però ja exercia com una doneta experimentada. Tot un caràcter. No va imaginar-se si la pizza era per a ella i les seves amigues o si era per al clan familiar. Tant era. Quan va tornar, la nena ho va fer amb els diners però també amb cara de pocs amics.

–I el bacó? –va protestar.

–I jo què sé –va dir ell–. Jo només les porto, no les faig.

–Doncs falta el bacó.

–Truca a la pizzeria i queixa't.

–Teniu un morro...

Ja no va voler respondre res. Si un client es queixava l'encarregat li feia cas. Tant era que s'haguessin oblidat del bacó. A ell li tocava somriure, ser ràpid, jugar-se la vida i portar la pizza calenta abans de mitja hora, com deia el lema: La hi servim abans que la demani.

–Trucaré –va dir la nena–. La propera vegada em descompteu el bacó.

Li va donar els diners. Just. I sense propina. Ja ho esperava, però en aquesta ocasió la ira va ser més forta. La va gravar amb la mirada, per si un dia se la trobava pel carrer.

Es disposava a marxar.

–Quants anys tens? –li va preguntar de sobte la nena escardalenca.

–Per què?

–Per saber-ho. –Va arronsar les espatlles i es recolzà a la porta.

A sobre flirtejava amb ell. Això era massa.

–Vint-i-quatre –va mentir.

–Ja. –El seu somriure li va demostrar que no se'l creia.

–Truca i els dius això del bacó. –Va iniciar la retirada.

–Ciao.

Quan va arribar al carrer la ira havia crescut. La nena el posava histèric i a més ell li donava corda. Sorprenent. No va aturar-se al portal, però sí un cop va arribar a la moto.

Una altra vegada les sospites.

Les mirades.

L'home de la cantonada no hi era. El cotxe mal aparcat continuava amb els quatre intermitents. Les dues dones seguien parlant. En un balcó un vellet mirava passar la vida per sota de la seva solemne pau.

En Mateo i en Fede no eren els seus amics. Eren delinqüents. Si es notaven descoberts...

Quin maleït sentit tenia tot plegat?

Tenia a veure amb el tema dels pisos, però... però què?

Les preguntes, un cop més.

Per què?

El seu àngel de la guarda?

Qui es podia interessar per ell i no volia «que li passés res»?

Què li podia passar?

Com sabia allò d'en Mateo i en Fede, allò dels pisos, la seva intervenció com a observador d'objectius?

Preguntes, preguntes, preguntes.

Va posar la motocicleta en marxa, va sortir de la vorera pel gual d'una botiga, a uns tres metres d'on estava, va esquivar el cotxe que gairebé l'envesteix i s'allunyà d'allà a tota velocitat, perseguit per l'udol de la botzina rere seu.

38

Sabia que l'anirien a veure, però no tan aviat.

No feia ni una hora que havia trucat.

Se'ls va quedar mirant amb aprensió, l'estómac encongit i la gola seca. De sobte ja no eren dos tipus joves i aparentment despreocupats, sempre amb un acudit o una broma als llavis, sinó dos lladres, i per tant, dues persones capaces de qualsevol cosa.

Violència inclosa.

En Fede encara esbossava un lleu somriure. En Mateo no.

–Germán. –Va pronunciar el seu nom com una salutació.

Estaven a l'escala, al replà, en el mateix lloc on l'havia sorprès l'home de la cicatriu. I encara que estaven sols i ho sabia, la sensació va ser la mateixa, com si el fantasma de l'aparegut continués per allà, escoltant-los.

Fos el que fos, se li escapava.

Però no volia continuar amb aquella història.

–Podem passar? –li va preguntar en Mateo en veure que no es movia de la porta del pis.

–No. Hi ha en Plácido, dormint.

–Les portes tenen orelles –va assenyalar els pisos.

–Aquí no, i menys a aquestes hores.

–D'acord –va sospirar.

En Germán va ajustar la porta del pis. Sense la llum que venia de dins van quedar surant com ombres poc perfilades en la pobra il·luminació del replà. En aquells moments va adonar-se de la duresa dels trets d'en Mateo. En Fede era secundari. En Mateo no.

–La Juana m'ha passat l'encàrrec –va pronunciar a poc a poc, com si li pesessin els mots.

–Sí, ho sento.

–No ens donaràs més pisos?

–No.

–Per què?

No podia dir-los la veritat, ni que tenia por, ni res que sonés malament. A ells no. Robaven pisos, eren professionals. A la mínima sensació de perill reaccionarien fatal.

I ell estava sol.

Amb la Raquel.

–El producte del robatori del pis del carrer Escipió va pujar a 200.000 euros, sense comptar la col·lecció de segells. –Va dir l'únic argument que ells podien entendre.

En Mateo no va ni pestanyejar. En Fede sí, va arrufar les celles i mirà el seu company.

–De debò? –va limitar-se a dir el primer.

–Sí.

–Doncs ja saps més que nosaltres. Encara no han taxat el que en vam treure.

–200.000 –va repetir, intentant semblar tan enfadat com dur–. Vaig dur-los una pizza, anit, i m'ho van comentar.

–Vas dur-los una pizza, i et van comentar això? A tu?

–Sí. –Va intentar de totes totes semblar convincent malgrat l'absurditat que prenia el seu argument.

En Mateo va mirar en Fede. Aquest va moure el cap d'un cantó a l'altre, amb desgana. Després va enfrontar-se de nou amb en Germán.

–Ara no ho deixaràs –li va dir.

–Ja ho he fet.

–I jo et dic que no. –Parlava a poc a poc, secament. I hi havia fins i tot menyspreu en el to.– Això acaba de començar, i és un bon negoci. Sobretot per a tu. Net i segur. Així que oblida-ho.

–No, Mateo. S'ha acabat.

–Mira, tio –li va dir acostant-se-li perillosament fins a quedar a uns cinc centímetres del seu rostre–. Nosaltres et direm quan has de plegar, quan toca descansar, o fer vacances, per oxigenar el tema. No hem fet sinó començar, d'acord? Amb una cama trencada ho tindries pelut per aquí, oi?

Era pitjor del que esperava.

I, tot i així, la sensació de por havia estat pitjor amb l'home de la cicatriu.

Molt pitjor.

–Mateo, escolta...

–No, escolta tu. –No el va ni tocar, només va travessar-lo amb la fredor dels seus ulls.– Si són 200.000, com dius, tindràs la teva part. No discutirem per diners. Però el més important és que som els teus amics. Això és un equip. No ho engeguis a rodar, d'acord?

En Fede encara no havia dit res.

–Vols que t'avanci més diners? És això?

39

L'Eduard va apartar-se de la pantalla de l'ordinador i es va fregar els ulls amb la mà perquè el dolor ja era massa persistent. A vegades ni se n'adonava, i s'hi acostava tant que enganxava el nas a la pantalla, com si volgués ficar-se de ple dins l'aparell, arribar a l'altra banda i buscar a les ones el que necessitava, tot sol.

La Felicitat dormia i ell treballava.

Genial.

–No has vist prou pel·lícules de detectius solitaris, policies fets una merda i periodistes frustrats, que lamenten les seves obsessions i acaben sent abandonats per les noies? –es va dir.

Va mirar la seva noia.

El millor que li havia passat mai.

Era un regal i, per descomptat, l'acabaria perdent. Sempre hi hauria un reportatge nou, alguna cosa per investigar. Ho duia a la sang. No era un periodista de redacció, sinó de carrer, de troques per desenredar, de preguntes i respostes. Tenia passió.

Massa.

Però cada petita passa l'acostava al seu destí. Ho pressentia.

–On ets? –li va dir, a l'ordinador–. Vinga, on ets, i per què te'n vas anar?

Havia localitzat dos Peñalver en el Valle de los Caídos, empleats en la construcció del mausoleu. Havia descobert un Peñalver caigut a Terol, un segon a l'Ebre, un tercer a Barcelona i dos més, un a Figueres i l'altre a Blanes. Però cap Damián.

Buscava una agulla en un paller.

Li quedaven els camps de refugiats, inspeccionar aquells arxius amb milers de noms que un dia van ser persones, amb sentiments, perdedors d'una guerra i víctimes del seu temps. I després tenia altres possibilitats. Tantes com manca de temps.

Tret que digués a en Julián Pérez que abandonava i, en el seu temps lliure, continués investigant.

Fins que la Felicitat li donés un cop de peu.

Els homes se la disputaven. A cada fira o congrés la rondaven desenes de borinots que li feien regals que ella rebutjava, la convidaven a sopar, a sortir «després de la feina». Homes joves i grans, poderosos o no, amb més diners o menys. Ella vivia en un aparador perpetu.

Però l'estimava a ell, i estava amb ell.

I ell buscava un fantasma anomenat Damián Peñalver Frutos, desaparegut feia 71 anys, després de ser afusellat i enterrat, segons la història, en una fossa comuna.

–Vés a dormir.

La seva mà dreta va agafar el ratolí un altre cop.

–No et van ensenyar que una ment desperta i relaxada després de dormir vuit hores seguides treballa millor?

El cursor va buscar una nova pàgina on entrar.

–Ets imbècil.

La pàgina es va obrir i un llistat de noms va aparèixer a la pantalla.

–I un idiota.

L'Eduard va començar a buscar en Damián Peñalver Frutos entre tots ells.

40

En Germán va acostar-se a la barana del terrat.

No va abocar-se de ple. L'únic que va fer va ser mirar des de la talaia en direcció a la cantonada de la dreta, a la vorera frontal del seu edifici.

La moto continuava allà.

I l'home també.

Tres hores.

Ja no estava segur de res. Creia veure coses que no eren certes i se n'imaginava d'altres que acabaven erigint-se en monstres capaços de dominar-lo. El seu cap amb prou feines descansava. I el pitjor de tot era la sensació de moure's entre dues aigües, amb en Mateo i en Fede amenaçant-lo, d'una banda, i l'home de la cicatriu prevenint-lo de l'altra. Uns, de sobte, eren els seus enemics. L'altre, que s'havia autoproclamat el seu «àngel de la guarda», no tenia ni idea de qui era ni de què pintava en la seva vida.

No volia que fos un delinqüent, ni que s'arrisqués, això quedava clar.

Des d'aquella distància li era impossible veure si l'home de la moto era el de la cicatriu. Però hi havia més preguntes per formular-se sobre la seva presència allà. La primera, la més elemental, si es tractava d'una casualitat. Una casualitat de tres hores, des que l'havia localitzat. La segona, que estant tant a la vista, el que menys importava semblava que era el secret. Si el vigilava a ell, no se n'amagava. Tant li devia ser que ho sabés o no.

Així que, es mirés per on es mirés, era absurd.

Li quedava mitja hora abans d'anar a la feina.

La rutina.

Per una vegada va tenir sort. Estava mig amagat rere la barana quan una altra moto, exactament igual a la primera, va aparèixer pel carrer i va aturar-s'hi al costat. L'home que la conduïa feia la impressió de ser un clon de l'altre. Va treure's el casc i van estar parlant uns moments.

Des del terrat, en Germán va veure com el primer assenyalava el seu edifici.

–Merda... –va ocultar-se una mica més.

Va treure el nas, tot el cap. Vigilaven el portal, i no el terrat, però això tant hi feia. De sobte les parets tenien orelles i els carrers ulls. Començava a sentir-se paranoic.

El primer home pujava a la moto, es posava el casc i se n'anava.

Li prenia el relleu el segon home.

I si eren imaginacions seves?

Ho havia de comprovar. L'única solució. I si ho comprovava, i tenia raó... aleshores, què?

S'acostaria a ell per preguntar-li de què dimonis anava tot allò?

–Maleït sigui –va gemegar molt espantat.

La ciutat ja no era bonica, ni representava la llibertat. Ara s'havia convertit en una trampa per als ingenus com ell.

Va buscar on aferrar-se i l'únic que va trobar va ser la Raquel.

Va cloure els punys.

Les mandíbules.

Després va aixecar-se, furiós, i no s'ho va pensar dues vegades. Fins una rata reaccionava quan se sentia acorralada. Va sortir del terrat, baixà les escales, arribà al carrer i es va posar a caminar per la vorera, cap a l'esquerra, allunyant-se de la cantonada on hi havia aturat l'home de la moto.

A la seva esquena va sentir el ronc del motor en posar-se en marxa.

No es va girar. No en tenia un motiu aparent. Va tombar la següent cantonada, resseguint la vorera, i gairebé al final del carrer es va ficar en un forn. Mentre esperava que atenguessin la clienta que tenia al davant, va veure passar la moto molt a poc a poc.

Ara ja n'estava segur.

–D'acord, i què? –va panteixar per damunt dels batecs del seu cor.

Va comprar una barra de pa. La fornera li somreia sempre. Era una dona gran, d'uns quaranta anys, però li deia «guapo» i li solia preguntar per les «nòvies». En Germán intentava ser cortès i ella aleshores reia i li deia que si tingués vint anys menys... A vegades pensava en la seva mare. Diria que a la ciutat la gent estava boja, trastocada.

Va sortir del forn i va tornar a casa.

No va girar-se ni un sol cop.

En arribar a l'edifici va pujar al terrat de nou i va llucar el carrer.

L'home de la moto ja tornava a ser al seu lloc.

41

En Justo era molt més radical que en Plácido, i se li notava quan, davant de determinats fets, reaccionava molt visceralment. Mentre el seu company mirava en Germán i es preguntava si parlava seriosament, ell amb prou feines va deixar un marge per al dubte.

–Vols que seguim un paio?

–Això he dit.

–Per què?

–Perquè ell em segueix a mi.

Havia optat per dir la veritat. Almenys la veritat més apta i que pogués ser compartida amb ells. No els diria res d'en Mateo i en Fede. Res de la seva complicitat en el robatori dels pisos. Res de l'home de la cicatriu i la seva estranya conversa. Només el més imprescindible.

Però continuava sonant fatal.

Insòlit.

–Germán, t'has fotut res? –va intervenir en Plácido.

–Sé que sembla una bogeria, i us juro que no en tinc ni idea de qui pot ser ni per què ho fa, però algú em segueix, i no és cap broma.

–Ets un milionari que vas d'incògnit?, t'has repassat la filla d'un mafiós o tens un secret que la CIA persegueix? –En Justo, sense desprendre's del mal humor, va enumerar un seguit de possibilitats que si una era estranya, l'altra encara ho era més.

–Sóc el que sóc, i vinc d'on vinc. Punt. No sé què està passant. Per això us necessito.

–De debò, on t'has fotut?

–En res!

–Ei, que ningú no segueix un llardós com tu així com així; un paio amb una moto ha de tenir algun motiu, d'acord?

–No t'emprenyis –el va voler calmar en Plácido–. I què hi fa el motiu? Si té un problema, té un problema.

–Que què hi fa, el motiu? Vols acabar a la presó acusat de còmplice d'un merder del qual no tens ni la més punyetera idea?

–No cal que et posis així.

En Germán assistia a la batalla dialèctica dels altres dos. L'empipada d'en Justo contra la calma d'en Plácido. Encara no sabia si havia fet bé o no de demanar-los ajuda.

No tenia ningú més.

–M'ajudareu, sí o no? Si us heu de posar idiotes passo.

–Hòstia, tio! –va encrespar-se encara més en Justo–. I a sobre amb prepotència!

–Escolta –digué en Plácido en un to més reflexiu–, aquest rotllo no tindrà a veure amb la repassada que ens van fer al pis?

En Germán esperava la relació.

–És possible –va admetre.

–Us vaig preguntar si algú estava ficat en cap embolic que els altres haguéssim de saber –els va recordar en Justo.

–La resposta és la mateixa que aleshores. –En Germán va mantenir-se ferm.

–Per què van repassar-nos el pis, i amb tanta evidència? –En Plácido va arrufar les celles.

–Per espantar-nos. –En Justo va fer un gest de suficiència.– Bé, a ell. –Va assenyalar en Germán dirigint-se a en Plácido.– Un avís per espantar-lo.

–Quin sentit té, tot plegat? –va demanar en Germán.

–I si és la teva mare? –En Justo va considerar la possibilitat.

–O el teu pare? –va convenir en Plácido.

–Això tindria més lògica –va continuar el primer–. Van regirar-ho tot per mirar si teníem drogues o alguna cosa per l'estil, i et segueixen per saber si vas de legal o no. Els pares cada dia estan més paranoics i tarats.

–A un amic meu el seu pare el va fer seguir per un detectiu –va explicar el segon–. Va saber quants porros es fumava al dia i quantes cerveses es fotia al cos quan sortia. Li va deixar la cara amb les mans marcades.

–A mi els meus em fan això i no em veuen més el pèl –va dir en Justo.

–Si són el meu pare o la meva mare, assumpte tancat –va mentir en Germán.

–També hi ha la teva nòvia.

–La Raquel? Per què?

–Té un pare, no? Potser es preocupa per saber amb qui surt la seva nena.

–No sigueu ridículs! Ni tan sols sap que existeixo!

–Molt bé, molt bé, no cal que ho discutim. –En Plácido va tornar a la realitat.– No ens quedarem de braços plegats, això està clar –va dir posant una mà a l'espatlla d'en Germán, amb ànim sincer–. Què se suposa que hem de fer?

–Seguir-lo, veure qui és, on treballa, per compte de qui em segueix...

–I si ens descobreixen?

–No som professionals.

En Germán va enfrontar-se a les seves darreres resistències.

–No en tindrà ni idea. Com ha d'imaginar-se que algú el segueix a ell?

Els daus ja estaven tirats.

Què més podia fer, sinó? Esperar?

Esperar què?

En Justo i en Plácido van intercanviar una mirada final, de rendició, tant com de resignació. No eren amics íntims, compartien espai per causes de força major, ni tan sols no es pot dir que es coneguessin gaire. En Germán havia estat l'últim a arribar i era perquè ells dos necessitaven una tercera aportació econòmica per complir amb els pagaments mensuals del lloguer.

Però tenien sentit de companyonia.

Tots per a un, un per a tots. Almenys fins a límits raonables.

–Quan comencem i com ens ho fem? –En Plácido va entrexocar les mans mentre exhibia un franc somriure de nen entremaliat.

42

L'Eduard feia un minut que llegia.

Sense respirar.

Dos.

Tres.

Va entrebancar-se, els seus ulls van relliscar per damunt les paraules, el vertigen va fer que els batecs del seu cor es mesclessin amb els espasmes del pit. Era com si acabés de fer una cursa ràpida, els 1.500 metres. O la mateixa marató.

Tot va ser fulminant.

–Ja et tinc –va sospirar–. Ja et tinc, maleït siguis!

Damián Peñalver Frutos.

Ni tan sols s'havia canviat el nom.

Però això no tenia cap sentit.

–Déu...

Va continuar devorant aquelles paraules escrites en espanyol a la pantalla de l'ordinador. Va submergir-se al llarg del text biogràfic i històric que ara colpejava amb força els seus sentits. Tot era tan simple com... Va haver de calmar-se. Calmar-se i respirar a ple pulmó, buscar l'equilibri, recomençar per segona vegada els punts i a part que el confongueren. No era fàcil d'assimilar. La sorpresa el dominava.

Sí, tan simple.

Tant.

Una vida. Una vida sencera des del final de la guerra civil.

–Per què no vas tornar mai? –va dir panteixant–. Per què?

No era només una pregunta. Era la clau de tota una existència.

De moltes vides.

La seva, la de la seva dona Consuelo Álvarez, la de la seva filla Narcisa Peñalver...

–Per què? –va dir sospirant un cop més l'Eduard, allucinat, sense poder apartar els ulls de la pantalla de l'ordinador.

LES RESPOSTES

43

En Berto era un tipus del barri. Sempre estava ficat en tripijocs. A tot arreu el coneixien perquè sempre tenia coses entre mans. A més era la Gran Orella. Ho sabia tot i de tothom. No feia falta ni preguntar-li res. Amb un somriure d'orella a orella, fins i tot contagiosa, desenvolupava la simpatia en proporció als seus interessos. Deia que en «el gran formiguer» qualsevol persona era útil. Un filòsof de carrer.

I de la vida.

En Germán se'l va trobar en sortir de l'edifici on acabava de deixar dues pizzes de les grans, amb un munt d'ingredients extres, tot i que la propina no arribava ni de bon tros a l'altura de la comanda: mig euro.

–Tu sí que vius bé. –En Berto li va donar un copet amistós a l'espatlla després de la salutació de rigor.

–Jo?

–Mira't: tot el dia amunt i avall amb la moto, lligant amb el personal, perquè segur que més d'una a més de la pizza es queda amb tu, com abans amb el butaner. I a més, menges de franc.

–Estàs de broma o què? –li va dir per riure–. En primer lloc, si no vaig ràpid, reparteixo menys pizzes, així que res de relacionar-me amb el personal... I quant a menjar de franc... què?, pizza cada dia?, no fotis tio, no vull acabar amb l'estómac perforat.

–Tan dolentes les fan?

–No sé què hi posen, però a mi em fan cagarel·les.

–Clar, perquè venies de poble i allà es menja bé i sa. Però això és la ciutat, tio. Aquí fins i tot la merda alimenta, que t'ho dic jo.

En Germán va pujar a la moto. Si es quedava a xerrar amb en Berto perdria un temps preciós. Era dels que s'enrotllava a consciència. Això si no li proposava res o si intentava vendre-li el que fos. Va subjectar el casc amb les dues mans per posar-se'l.

–Escolta –va aturar-lo en Berto–, tu ets amic d'en Mateo i en Fede, no?

–Amic? –Va posar-se en guàrdia–. No, per què?

–Un cop et vaig veure amb ells.

–Això no vol dir que siguem amics. Els vaig conèixer per aquí, res més. No són del meu estil, ni jo del d'ells.

–Doncs millor.

La tensió va aguditzar-se. Si els havien detingut no faltaria gaire perquè la policia l'atrapés.

Tot perdut.

–Per què ho dius?

–Perquè els han apallissat... –En Berto va agitar la mà de dalt a baix. La seva expressió va ser la d'un al·lucinat.

–De debò?

–A en Mateo li han trencat els dos braços. Els dos. I a consciència, eh? Treball professional. A en Fede li han deixat la cara com un mapa i s'han limitat a cascar-li una cama.

–I on són ara?

–On vols que siguin? A l'hospital. I es diu que estan cagats de por. Van dir a la poli que els havien atracat, només això. Què et sembla, és fort, eh?

–No en tenia ni idea. –Les idees anaven i venien ràpides pel seu cap.

–Es diu que marxaran de la ciutat. Els han amenaçat o alguna cosa així. –En Berto va fer cara de setciències.– Segur que ha estat una altra banda, per quedar-se amb el pati. En Mateo i en Fede no eren de fiar, ja ho saps.

–Doncs quina notícia.

–Mola, eh?

Va passar del somriure i es va posar el casc. Se li feia tard, i a més volia anar-se'n d'allà, de la companyia d'en Berto. L'altre va alçar una mà enlaire i en Germán va xocar-hi la seva.

–Cuida't, figura!

–Fins després...

Va allunyar-se per la vorera fins al gual més proper. Després va submergir-se en el corrent circulatori del carrer. No va veure l'home de la moto però sabia que estava per allà, a prop, rere seu.

Fins quan?

Tota la vida tindria el seu àngel de la guarda?

Tota la vida el «protegirien» i apallissarien a qui fos per evitar-li «problemes»?

En Mateo i en Fede l'havien amenaçat.

Ara estaven a l'hospital, trencats i decidits a anar-se'n de la ciutat.

–Merda!

Sentia una altra vegada aquella por, però també ràbia, molta ràbia.

No tenia ni idea de què passava i ja era hora que això canviés d'una vegada per totes.

44

Mentre acariciava la galta de la Raquel amb la mà, els seus ulls l'acariciaven d'una altra manera, per dins, arribant més enllà de les seves boniques pupil·les. L'efecte fou balsàmic, tan dolç com plàcid. I malgrat tot, ella no va trigar a fer-li la pregunta.

–Què et passa?

–A mi? –va estranyar-se–. Res.

–Sí, te'n passa alguna. Somrius per fora, però estàs trist per dins, i tens.

–No és veritat.

–Fa una estona has sentit un soroll brusc i t'has girat com si algú se t'anés a tirar al damunt. Si això no és estar tens, ja em diràs què és. Però pitjor és aquesta tristesa.

–Com vols que estigui trist si estic amb tu?

–Perquè ho estàs.

–Que no.

La Raquel no va rendir-se. Se li va acostar i li va fer un petó a la comissura dels llavis. Va apartar-se abans que ell l'agafés pel clatell amb la mà per buscar-li els llavis. No es cansava de besar-la. Era una droga.

–Et vull dir una cosa –va mussitar ella suaument.

–No. –Ell va tancar els ulls.

–Ja sé que treballes en una pizzeria, que guanyes pocs calés, que vius en unes golfes amb dos amics i que això et fa estar malament –no li va fer cas–. Però no passa res. De debò. No passa res. Jo no sóc idiota, d'acord? Si un dia volem anar al cine i no tens diners, pago jo i punt. Què, vols anar de mascle viril? No fa per tu, Germán. I si volem venir al parc i asseure'ns a la gespa, com ara, ho fem i ja està.

Es va posar vermell i la Raquel se'n va adonar.

–No siguis ximplet.

–És que... –Va sentir-se derrotat.– No sé què fas amb mi, de veritat.

–Que què faig amb tu? –La noia va obrir els ulls.– Doncs estar bé, passejar, xerrar, veure què passa... No sé, faig això, i tu? Què fas tu amb mi?

–Flipar.

–De debò, va.

–T'ho dic seriosament: flipo. Em sembla increïble que estiguis amb mi.

–No em posis a cap pedestal, d'acord?

–No és això.

–Aleshores, pitjor. De què anem, de nena rica i nen pobre? Perquè ni jo sóc rica ni tu ets un mort de gana.

–Ah, no?

–Tens somnis, Germán. A mi m'agrada la gent que té somnis, que creu en si mateixa, que lluita per tot allò que desitja. És la mena de gent que aconsegueix el que es proposa. I tu ets un d'ells.

A vegades l'espantava. La Raquel veia algú que ell no creia que existís. Altres vegades se sentia fort, capaç de menjar-se el món, i tot gràcies a ella.

–No tinguis pressa –va dir la Raquel, demostrant-li que sabia en què estava pensant.

Tanta pressa.

–Si no t'hagués trobat a tu no sé què estaria fent.

–El mateix però amb una altra.

–Ara la ximpleta ets tu.

–Quan et vaig conèixer eres com un conillet espantat. Et vaig trobar encantador.

–És per això que vam començar a veure'ns?

–No –va ser sincera–. Darrere el conillet va aparèixer algú que em va interessar.

–No sé què veus en mi, però gràcies.

–Bé, ets bastant guapot –va bromejar fent-se la interessant–. I jo no tinc gaire bon gust, això sí.

En Germán va abaixar els ulls a terra. Va enfonsar-los en l'herba. Estava una mica seca, per manca de pluges. Els dos seien de cara, amb les cames plegades, i la Raquel mostrava els peus descalços. Va desitjar acariciar-los-hi. Més encara, besar-los-hi. Va haver de contenir aquesta inesperada ansietat.

Sí, ella ho havia dit, estava trist i tens.

–Jo també he de dir-te una cosa –va dir deixant-se dur per la sinceritat.

–Tens una nòvia al poble, la de tota la vida. –La Raquel va arrugar el front i les celles van arquejar-se en un arc damunt dels ulls.

–Abans de conèixer-te, en arribar a aquí, em vaig ficar en un petit embolic. Per idiota.

–Què va passar?

–Tenia diners per a un mes o dos, i mentrestant, a veure què em sortia. Però les coses no van anar com jo esperava.

Això de treballar en una pizzeria, o de ser cambrer en un bar, era la darrera cosa de la meva llista d'aspiracions. Quan vaig xocar de nassos amb la realitat va aparèixer algú...

–Sempre apareix algú –va comentar la Raquel.

–Doncs aquest algú em va oferir de guanyar diners fàcils.

–Germán...

–No, deixa'm parlar. –Va superar la preocupació que ara havia aflorat al rostre d'ella.– No vull que un dia ho sàpigues per algú altre. Jo... –Va buscar la millor manera de dir-ho.– Vaig vendre paperetes uns quants dies, tres o quatre, pel carrer. No me'n sentia orgullós. Em repetia una vegada i una altra que seria durant poc temps, fins que trobés alguna feina decent. Però pel que es veu el meu «amic» no hi estava gaire ficat, o era un principiant o estava en territori ocupat o volia ficar-s'hi i no sabia com... ni idea. Hi va haver una batuda i jo vaig tenir sort que, en aquells moments, no duia res a sobre. Em van detenir igualment, i com que era menor, van trucar a la meva mare al poble. Li van donar un ensurt de mort. Vaig sortir, però ella va insistir encara més perquè tornés. Amb penes i treballs la vaig tranquil·litzar, convèncer-la que havia estat un error, que la meva única desgràcia era haver estat en aquell bar. Li vaig dir que havia après la lliçó i les aigües van tornar al riu. Però potser això demostra la mena de persona que sóc.

–Prova el que has dit, que vas cometre un error. Està bé que et vulguis menjar el món, i que necessitis demostrar-te coses a tu mateix i a la teva família, però no te'l menjaràs de cop. Si ho fas te n'afartaràs. Per què no estudies a la nit?

–M'agradaria –va haver d'admetre–. Al poble no, volia anar-me'n com més aviat millor, estudiar em semblava una estupidesa. Però aquí estic veient que és diferent. Si pogués...

–Per què no has de poder?

–Vinga, Raquel.

–No, res de «vinga Raquel». Deixa que parli amb el meu pare i t'aconsegueixi una feina decent.

–No.

–Germán!

–No, espera, d'acord?

–El què?

–No ho sé! Dóna'm temps! No dius que tinc massa pressa?

–No confonguis una cosa amb una altra. El temps s'acaba sempre abans del que et penses, així que és millor no perdre'l gaire. –Els seus ulls mostraven seny i vigor. No semblava que tingués 16 anys.– Mira el teu besavi, mort amb 21 anys, sense temps per somiar.

–Els focs de la memòria abrasen. –En Germán va pensar en ell, en la seva àvia, en la mare... i el pare.

–Però sense memòria no tenim res –va dir la Raquel–. Estem orfes.

45

L'Eduard va vacil·lar fingint inseguretat davant la seva pregunta.

–De veritat que vols saber-ho?

–Doncs clar! –va insistir la Felicitat.

–Després no em vinguis amb...

–Amor meu, si només cal mirar-te a la cara. Estàs que no caps a la pell! Així que, vinga, comparteix-ho amb mi. Sento la curiositat de saber en què t'has estat ficant aquests darrers dos dies, deixant-te les pestanyes als arxius, les hemeroteques, a Internet... Sé que l'has trobat.

–Doncs si saps que l'he trobat no sé per què preguntes –va proclamar amb orgull.

–Vinga, rebenta –va sospirar la Felicitat picant-li l'ullet amb complicitat–. Demostra'm que llest que ets i la sort que tinc d'estar al teu costat com una ximpleta.

–Ets...

–Estava viu, eh?

Va empassar-se just el que anava a dir.

Sí, en Damián Peñalver Frutos estava viu en acabar la guerra, i molt temps després.

Ho havia estat tants anys...

–Sí –va admetre.

–Increïble.

–Massa, perquè la pregunta inicial continua sense resposta.

–Per què no va tornar ni es va comunicar amb la seva dona i la seva filla?

–Exacte.

–Potser no estava tan enamorat com diuen, i que a la primera de canvi...

–Això no és cert. Estava enamorat de la seva dona –va assegurar l'Eduard–. Però si s'acabava de casar amb 21 anys! I era feliç de ser pare! Del tot enamorat, un amor dels de debò!

–I si va saber que ella, pensant-se que era mort, s'ho va fer amb un altre?

–La Consuelo Álvarez no. Era una vídua de les d'abans, d'un sol home. Es va dedicar a criar i a cuidar la seva filla Narcisa i això va ser tot. Una vida lliurada fins al final.

–Que fort –la Felicitat va fer un gest de desgrat.

–Així que si jo em morís, en trobaries un altre en una setmana.

–Una setmana no, però un mes...

Se li va tirar al damunt i ella el va frenar.

–No, continua amb la teva història, va. Des del principi. Què has esbrinat?

–Hi va haver un Damián Peñalver Frutos a Barcelona, durant els darrers dies de la guerra. No hi ha cap dubte: era ell, i no només pel nom, sinó per una cosa més: era conductor i l'anomenaven Mà Lenta perquè tenia un braç amb problemes de mobilitat. L'esquerre.

–Hi va haver un Mà Lenta abans que l'Eric Clapton?

–Ja ho veus –va reprendre la història–. Que fos un conductor amb un braç poc apte prova que en els darrers dies tothom era útil.

–O sigui que, definitivament, no va morir aquella nit afusellat al poble.

–No. Va tirar-se a terra en produir-se els trets, amb els altres, potser pensant que l'havien tocat, i s'hi va quedar immòbil, aguantant el dolor del braç trencat i les dents trencades pel cop de culata que li havien donat. La meva teoria és que va aprofitar la pluja d'aquella nit, abans que els enterressin a la fossa, per arrossegar-se a fora i evadir-se. La tempesta el va salvar. Quan van tirar la terra al damunt ningú no va molestar-se a comptar-los. Per què? No eren sinó una massa de cossos trencats.

–No em donis detalls, vols? –va estremir-se la Felicitat–. Com vas trobar-lo?

–El van condecorar. Va ser un heroi. Va arriscar la seva vida per salvar uns companys seus. Aquí és on he trobat el seu nom i l'he recuperat, en un comunicat de guerra com el de les condecoracions. Enlloc no consta què va fer entre l'afusellament i la seva aparició a Barcelona, com va salvar-se, com va arribar fins a les tropes republicanes... Només hi ha una cita en aquest comunicat. Després, en acabar la guerra, va desaparèixer, com tants d'altres. Però havent estat a Barcelona vaig imaginar que amb l'entrada de les tropes franquistes faria com tothom: anar cap a la frontera. Vaig indagar per les llistes conegudes dels exiliats que van arribar als camps de refugiats francesos, i una mica més enllà, en les dels que van emigrar a Mèxic. Aleshores...

–Què? Què? Per favor, quan et poses en actitud de superheroi! No siguis fantasma!, d'acord?

–En Damián Peñalver va embarcar a l'*Ipanema*, un dels primers vaixells carregats d'exiliats amb destí a Mèxic.

–I va arribar a Mèxic?

–Sí.

–N'estàs segur?

–Completament. Una vida nova que continua sense donar-nos la resposta a la maleïda pregunta sobre la qual gira tot: per què no es va posar en contacte amb la seva dona des d'allà, si no de seguida, almenys al cap d'uns mesos, o anys?

–Perquè no va poder?

–Absurd. Ho podia haver fet.

–Va enamorar-se d'una altra. No hi pot haver una altra causa possible –va ser categòrica–. No podia tornar a Espanya ni aconseguir que la seva dona i la seva filla es reunissin amb ell. Va conèixer una dona i va començar de nou.

–Qui et diu que la seva dona i la seva filla no s'haurien pogut reunir amb ell? Hi havia una dictadura, però no era una presó d'on no es pogués sortir.

–Tant és: n'hi va haver una altra.

–És possible –va admetre l'Eduard–. No hi ha indicis que es casés en aquests primers anys, però sí d'una cosa encara més sorprenent. Quan reapareix el seu nom a Mèxic no és com el de qualsevol exiliat. En Damián Peñalver va fer-se ric.

–De debò?

–Tanca la boca, que t'entraran mosques –va bromejar el periodista–. I tant de debò. Per què et penses que l'he trobat i li he pogut seguir una mica el rastre? Perquè ell i un altre espanyol van crear una petita empresa de transports: Peñalver y Altamirano. En uns quants anys la seva flota de camions, en un Mèxic que començava a expandir-se, es va fer molt important.

–I l'empresa encara existeix! –va saltar la Felicitat, presa d'una contagiosa emoció.

–No –la va desanimar l'Eduard–. Va deixar d'existir fa uns vint anys.

–Què dius!

–Sí, et dic.

–O sigui, que estàs igual.

–Ni de bon tros. –Li va mostrar un paper amb unes adreces anotades.

–Qui viu aquí?

–En Damián Peñalver.

Va ser un xoc.

–Nino... –la Felicitat va parpellejar un parell de vegades–, t'adones que si aquest home continua viu, avui deu tenir... noranta anys?

L'Eduard li va sostenir la mirada, i el clímax, fregant la plena catarsi.

–Demà també espero aconseguir un telèfon.

–Déu... –va sospirar la Felicitat.

–Algú va dir una vegada que Déu és aquesta persona que està allà quan vols alguna cosa amb totes les teves forces i no se't concedeix.

–Calla. –La noia estava més que commocionada, amb la història que l'atrapava completament.– I si parles amb ell... Si està viu... Què li diràs?

Era l'única pregunta que l'Eduard encara no podia respondre, perquè no en tenia ni idea.

46

No en tenia ni idea, de qui podia ser el seu protector, el seu àngel de la guarda. Per més voltes que hi donés, no aconseguia ni imaginar-s'ho. Era impossible que fos la seva mare. Era absurd que fos el seu pare. I tret d'ells dos, no tenia ningú més.

Tret del pare de la Raquel, que ignorava que existís.

Per aquesta raó va haver de seure quan en Plácido li ho va amollar a raig.

–N'estàs segur?

–Del tot. Són dos, fan torns per controlar el que fas i treballen per a una agència de detectius.

–I per què algú em vol seguir els passos?

–Ja t'ho vaig dir: si t'has repassat la filla d'un mafiós o has vist res, encara que no ho recordis, però que és important per a la CIA...

–No siguis burro.

–Algú paga per saber què fas, això està clar –va dir el seu company de pis.

–Com es diu l'agència?

–Nord. Agència de Detectius Nord. La trobaràs aquí. –Li va passar un paper amb una adreça.

–Què més en saps? –En Germán va guardar-se'l.

–L'amo és un tal Lázaro Pons. Un tipus dur, segons he esbrinat aquesta tarda mateix. El van treure del cos de policia per vés a saber què, però té fama de ser bo. Amb pocs escrúpols quan fa falta, però bo. –A en Plácido li va canviar l'expressió.– Oi que jo també sóc bo, xaval?

Va haver de reconèixer que sí, però estava massa perplex per dir-li-ho.

–I aquest tal Lázaro Pons...?

–Una trentena, cabells curts, musculatura de gimnàs i una cicatriu a la galta esquerra de la qual ningú no sap res.

L'home del replà.

El seu àngel de la guarda.

–Això és la cosa més rara que m'ha passat en la vida –va reconèixer.

–Per descomptat, té una pinta al·lucinant –va respondre en Plácido–. En Justo està amb la mosca al nas. I és bon xaval, però quan se li enfila...

–I què vols que faci?

–Vés a parlar amb ells.

–Com que em diran res!

–Intenta recordar en què coi t'has fotut aquestes setmanes, cony! Hi ha d'haver alguna cosa!

No podia ser la història dels robatoris dels pisos. En Lázaro Pons li havia tret de sobre en Mateo i en Fede. Per tant, el protegia, però de què?

I a compte de qui?

–Ho intentaré resoldre –digué, immers en els pensaments i amb la mirada perduda.

–Més val –li va aconsellar en Plácido.

En Germán també n'era conscient.

47

Ho havia pensat alguna vegada, i ara s'alegrava de tenir raó.

Era possible arribar al carrer sense sortir per la porta principal de l'edifici.

Va pujar al terrat, va passar al terrat de la casa contigua i d'aquesta a la següent. La porta que comunicava el terrat amb l'escala estava tancada, així que va continuar el seu periple. Un altre salt per damunt de la mitgera i una casa nova. En un barri senzill totes tenien la mateixa altura, sense especulacions. En aquesta ocasió va trobar la porta oberta. Va prendre precaucions i descendí el primer tram. Després els altres, ja sense por. Va passar per davant d'una portera que se'l va quedar mirant amb cara estranyada, perquè ni era un veí ni l'havia vist pujar prèviament. En

Germán li va dedicar un somriure d'orella a orella i va sortir al carrer.

L'home de la moto quedava a la cantonada més allunyada. El seu únic risc era que el localitzés en el tram de tres o quatre metres que hi havia des del portal on era fins al xamfrà rere el qual desapareixeria.

Va agafar aire, va abaixar el cap, sortí a fora i arribà a la cantonada.

Des d'allà va mirar a l'altra banda, per si l'home de la moto es posava en marxa.

Res. Quiet.

–Bé –va sospirar.

L'adreça de l'Agència de Detectius Nord es trobava al centre. Va trigar deu minuts a arribar-hi amb autobús. No sabia què fer, quins passos seguir. De moment, la volia veure. Després ja decidiria.

Però va tenir sort.

En un balcó de la primera planta de l'edifici, que era regi, vell, amb traces de ser antic, tant per l'arquitectura com per una façana bruta i per restaurar, va veure l'anunci.

«Es ven pis».

El cartell estava just a sobre del pis amb l'anunci de l'Agència de Detectius Nord, que ocupava la planta baixa.

Se'n va voler assegurar. Va creuar els dits per no trobar-se ni amb l'altre home de la moto ni amb Lázaro Pons i la seva misteriosa cicatriu, i va entrar al portal amb pas decidit. De totes maneres, si la sort li donava l'esquena, estava decidit a enfrontar-se a ell.

Tot, per tal de posar fi a la incertesa.

–On vas, noi?

La portera havia tret el cap per la porta de la garita. A l'altre cantó del vestíbul va localitzar la de l'agència. La placa, daurada, brillava amb llum pròpia enmig de la fusta fosca. Va trobar estrany que no hi hagués cap avís de seguretat, com tenien moltes empreses locals. Res sobre cap sistema de vigilància o una alarma connectada amb la comissaria.

–És sobre aquest pis que es ven.

La dona el va mirar dubitativa. El va avaluar molt ràpidament. Saltava a la vista que era massa jove per tenir xicota i pensar a casar-se.

–T'interessa?

–Als meus pares els podria interessar. M'han demanat que hi fes un cop d'ull.

–A aquesta hora no crec que hi hagi ningú a l'Agència perquè vingui i el puguis veure.

–Vostè en té les claus?

–Sí, clar.

–Me'l pot ensenyar? Només un cop d'ull, per veure si és el que estan buscant.

Ho va considerar ràpidament. Potser tenia comissió.

–Dóna'm les teves dades –li va demanar–. És per si em pregunten res i us volen avisar a casa.

–És clar. –En Germán li va somriure amb tot el seu encant.

Li va donar unes dades falses, sense molestar-se a saber si el carrer existia o no. I també un número de telèfon inventat.

Després, la portera va obrir un calaixet situat a la dreta de la garita, en un moble de fusta adossat a la paret. En va treure un joc de claus. El va tancar i també la porta de vidre que el protegia. La dona no vivia allà, aquella garita només era un espai reservat en el vestíbul perquè ella pogués seure, vigilar i resguardar-se del fred a l'hivern.

Se li va avançar camí de les escales passant per davant de la porta de l'Agència de Detectius Nord.

–És un pis gran i espaiós, ja ho veuràs –va començar a vendre-li el producte–. Té molta llum, una distribució perfecta, no s'hi ha de fer obres perquè està molt ben conservat, la zona és tranquil·la, està ben comunicada, els veïns són fantàstics...

48

Sempre, en tot reportatge, hi havia un moment de clímax.

Quan es descobria la clau de volta, quan es trobaven els nexes, quan es lligaven les pistes, quan apareixia un testimoni, algú que recordés alguna cosa...

En el cas del misteriós desaparegut de la fossa d'Els Tretze de San Agustín, els moments de clímax, més dels esperats, culminaven amb aquella trucada.

A Mèxic D.F.

L'Eduard va contenir la respiració. Primer va posar en marxa la gravadora, adossada al telèfon per registrar la conversa. Després va marcar els números, començant pel prefix internacional del país. A Espanya es feia de nit. Allà arrencava la tarda.

En sentir el primer to a l'altra banda va tancar els ulls. Va recolzar el cap a la mà lliure, la dreta, va deixar anar l'aire retingut en els pulmons i va inspirar amb més força per ompli-se'ls de nou. Necessitava compassar la respiració, semblar tranquil.

Calma.

Total, estava trucant a una porta tancada des de feia 71 anys.

Va pensar en la Narcisa Peñalver i la Clara Crespo.

Va pensar en la Consuelo Álvarez, la «vídua» d'en Damián Peñalver, potser afortunadament morta en l'actualitat...

–Allô? –va sentir una veu femenina amb un marcat accent mexicà.

–Bona tarda –va arrencar amb el millor to possible–. Li truco des d'Espanya. El senyor Peñalver si us plau?

–No, en aquest moment no hi és, senyor. De part de qui?

–Sóc Eduard Calvo. Periodista. Voldria parlar amb el senyor Damián Peñalver.

–Sí, sí, clar. Però ja li ho he dit. Ara mateix no hi és.

Era viu.

L'Eduard va fer esforços per continuar mantenint la calma.

–A quina hora podria localitzar-lo?

–Ai, doncs després de sopar. –El to era de cantarella, amb pujades i baixades.– M'ha dit que truca des d'Espanya, senyor?

–Sí.

–I de què es tracta, senyor? És per si puc ajudar-lo, o avisar el senyor Peñalver de seguida que el vegi.

–És un assumpte privat –va iniciar la retirada.

A l'altra banda del fil telefònic l'escena va complicar-se. Va sentir un xiuxiueig, un indici de conversa paral·lela, una vacil·lació ràpidament corregida. Va poder percebre clarament la pronúncia de la paraula Espanya.

–Allô? Miri, li passo amb la senyora i ella l'informarà.

La senyora.

L'Eduard va continuar aferrat al telèfon.

La nova veu, tot i ser tan mexicana com la primera, era menys acusada, amb un to més obert i també reposat, elegant.

–Bona tarda.

–Bona tarda, senyora. –Pel to no semblava gaire gran. Una simple apreciació.– Em dic Eduard Calvo i sóc periodista. Li truco des d'Espanya. Voldria parlar amb el senyor Damián Peñalver.

–Tornarà a l'hora de sopar. Ara està al bufet. De què es tracta, senyor Calvo?

Un home de noranta anys que treballa en un bufet.

–És vostè la senyora Peñalver?

–Sí.

–Estem parlant de Damián Peñalver Frutos?

La pausa va tenir tots els trets d'una explosió atòmica.

–Crec que aquí hi ha un malentès, senyor Calvo –va respondre la veu, pacient, amb calma–. El meu marit és en Damián Peñalver Villa. El seu pare, el senyor Damián Peñalver Frutos, va morir fa dotze anys.

49

En Germán encara no havia tornat al seu pis. No tenia ganes d'escapar-se un altre cop saltant terrats per esquivar l'home de la moto, que a més se sorprendria en veure'l entrar sense haver-lo vist sortir prèviament i que, per això, es posaria en guàrdia. Va preferir quedar-se al voltant de l'edifici a la planta baixa del qual hi havia l'Agència de Detectius Nord, i esperar.

Va trucar des d'una cabina a la pizzeria i va dir a l'encarregat que estava malalt. Va haver d'apartar l'auricular de l'orella perquè els crits van ser estentoris. El deixava penjat, a la pitjor hora, en el pitjor dia, encara que tots els dies ho fossin, i avisava amb el temps massa just. L'acomiadaria.

En Germán va tallar la comunicació i ja no es va preocupar més d'ell.

Abans de tornar al seu punt d'observació va entrar en una botigueta d'articles barats i va comprar una llanterna petita, la més elemental i barata que va poder trobar.

A tres quarts menys cinc de nou va veure sortir l'home de la cicatriu.

En Lázaro Pons.

Va entrar en un aparcament situat a menys de deu metres i reaparegué de seguida al volant d'un BMW platejat i nou.

–Qui et paga perquè tinguis dos homes vigilant-me, em vinguis a veure amb la cara tan ampla i t'atreveixis a apallissar dos tipus perillosos com en Mateo i en Fede? –li va preguntar a la distància.

El BMW va allunyar-se carrer amunt fins a desaparèixer per la primera cantonada a l'esquerra.

A les nou, la portera va tancar amb clau la porta principal.

En Germán encara va esperar un quart d'hora més.

Quan va abandonar el seu amagatall va tensar tots els músculs del cos. Va creuar el carrer, fins a la porta, i va trucar a un dels timbres del quadre exterior. No hi va haver cap resposta i en va prémer un altre, sempre un dels pisos més alts. Al segon intent va tenir més sort.

–Qui és? –va preguntar un home.

–Les pizzes –va acostar la boca a l'intèrfon.

–No hem demanat cap pizza.

No li va obrir la porta.

Ho va intentar un tercer cop amb un altre pis. Ara la veu era femenina.

–Maria?

No va perdre l'oportunitat. Va emetre una mena de crit ofegat carregant tot el pes de la resposta a la vocal:

–Sí!

La porta del carrer va obrir-se amb un zumzeig.

En Germán va entrar i va pujar el primer tram d'escales. Un cop allà, a les fosques, va esperar que la veïna es convencés que no hi havia ningú, i menys aquella tal Maria. A dalt, a la quarta planta de les sis de l'edifici, es va sentir una porta que es tancava.

Va esperar un minut més.

No va agafar l'ascensor. Era una trampa. Va continuar pujant a peu fins al darrer pis. Va sospirar en veure que encara hi havia un tram més d'escales, que duia a una porteta que donava a la sala de màquines de l'ascensor.

Era el lloc ideal per amagar-se i esperar.

No una hora, ni dues, ni tres.

Almenys quatre o cinc.

Va intentar relaxar-se i no va poder. Va intentar dormir una mica, però li va ser impossible. Cada soroll a l'escala l'alertava. Cada brunzit de l'ascensor, pujant o baixant, el posava en guàrdia. Si a algú se li acudia pujar fins allà dalt, ho passaria fatal. L'hauria d'empènyer i escapar-se corrents. Massa complicat.

Clar que el que anava a fer...

–No m'estàs protegint? –va dir a l'home de la cicatriu–. Doncs aleshores no em denunciaràs, segur.

Entre les deu i les onze l'activitat a les escales va ser general. A partir de les onze va decréixer i la darrera vegada que una porta es va tancar després de rebre un dels inquilins va ser a un quart i cinc d'una. La foscor era absoluta i tot i així va ser incapaç d'aclucar l'ull.

En Germán va concentrar-se en la Raquel, en la conversa de la tarda anterior.

Ella confiava en ell.

Què més podia demanar?

Ara es tractava de no fallar.

La una de la matinada.

Els cinemes s'acabaven passades les dotze. Cap veí no tornava més tard de la una en cas d'haver anat a veure una pel·lícula.

Més precaucions.

Les dues.

Va aixecar-se a les dues en punt, enfocava el rellotge amb la llanterna, després de comptar fluix els darrers segons com si es tractés d'una cursa o un compte enrere, i va baixar a poc a poc, amb els cinc sentits en tensió, fins al vestíbul. La llum que arribava fins allà procedent del carrer, esmorteïda però suficient, li va evitar haver d'encendre la llanterna. La sort va acabar-se-li en adonar-se que la porta de vidre de la garita estava tancada amb clau. No era uniforme. La formaven dues peces quadrades, a dalt i a baix, i tres més de petites al centre. El pany era en una d'aquestes peces petites. No hi havia cap més solució, així que, després de comprovar que no podia treure la massilla de les juntes del vidre inferior, va ajupir-se i va fer un cop de colze, dos, tres, fins que es va trencar.

Li va semblar que l'espetec era ensordidor.

Va preparar-se per sortir disparat al carrer i desaparèixer.

El silenci ho va embolcallar tot de nou.

No perdre gaire el temps. Primer va retirar els vidres amb compte per no tallar-se. Alliberat ja del perill, es va ficar a la garita pel forat obert a la porta. Va anar directe al calaix, va enfocar amb la llanterna i va agafar les claus del pis en venda que havia inspeccionat a la tarda com a presumpte fill de presumptes compradors.

Va sortir de la garita, va enfilar-se a peu fins al següent replà, va introduir la clau al pany i s'hi va endinsar.

Tremolava, i ara venia el pitjor de tot.

Amb la llanterna projectant un raig de llum als seus peus va arribar fins a una de les finestres de la part posterior. Va guardar-la a la butxaca quan la resplendor exterior era suficient per veure què l'envoltava. Donava directament al pati del pis inferior, el de l'Agència de Detectius Nord.

Sense alarmes ni sistemes de seguretat connectats amb ningú.

–Tens calés i de sobres, eh? –tornava a parlar imaginàriament amb l'home de la cicatriu.

Va treure el cap per la finestra i va ullar el panorama. La llum escassa que tacava el pati interior de l'illa de cases no revelava la presència de cap persona noctàmbula que mirés per la finestra i que pogués trucar a la policia. Tampoc no hi havia gaire cosa a veure. En Germán va passar a l'altre costat, va recolzar els peus a la cornisa, es va girar de cara, i va preparar la musculatura.

No era un gran salt. D'un pis a un altre. Però si es dislocava un turmell, o pitjor, si es trencava una cama...

Va llançar-se a terra.

Ho va fer bé. Va flexionar les cames i es va deixar caure sobre si mateix fent una volta de campana. Quan es quedà quiet va alegrar-se d'estar sencer.

Següent pas. Va acostar-se a la porta i a les finestres de l'agència que donaven al petit jardí interior, encara que no hi havia plantes, només una taula de ferro i quatre cadires, i va buscar la més adequada per concloure la seva agosarada acció. La porta era gruixuda, sòlida. Una de les finestres tenia la persiana abaixada fins a baix de tot. L'altra no. I tenia dues parts.

En el vestíbul de les escales el soroll havia quedat ofegat. Allà a fora, no estava segur de com seria.

Va provar de copejar amb el colze.

Al cinquè cop el vidre es va esquerdar.

Amb el sisè va trencar-se.

El soroll va ser ràpid, contundent; a l'altra banda els trossos van caure damunt d'un sofà, de manera que el soroll va quedar més esmorteït que el de la garita.

Un cop va assegurar-se que ningú dels pisos superiors no treia el cap per mirar a baix, va retirar els vidres del marc i es va esmunyir a dins.

No sabia per on començar. Amb la llanterna va escombrar el lloc per orientar-se. El pis de dalt no estava malament, era gran, però l'entresòl devia ser la meitat de petit, així que només tenia una sala amb una taula, diverses cadires, dues butaques i el sofà sota la finestra per la qual havia entrat; la cuina, el bany i dues habitacions. Una era la principal, la d'en Lázaro Pons. A la porta un placa anunciava: Gerència.

Millor que posar «detectiu en cap» o alguna cosa així.

–On ho guardes? –va preguntar a la butaca buida ubicada rere l'escriptori.

Tenia dues opcions: obrir l'ordinador o els calaixos. Va començar pels calaixos, per si l'ordinador tenia una clau d'accés o contrasenya. Va començar a buscar a la taula sense trobar res que es relacionés amb ell. Va passar a un moble, i a un arxiu. No va veure el seu nom escrit enlloc.

Si no trobava res hauria perdut el temps.

I al matí no trigarien a relacionar-lo amb tot allò, els vidres trencats a la garita, el del pati de l'entresòl... Encara que en marxar deixés les claus del pis de dalt al seu lloc.

L'única possibilitat que tenia era trobar alguna cosa aviat.

Tenir arguments.

–No em pots fer res –va insistir ara més per a si mateix que per a l'home de la cicatriu–. Algú et paga molts calés perquè siguis el meu àngel de la guarda, recordes?

Els nervis van començar a trair-lo quan va acabar de regirar la taula i els arxius. Faltava l'altre despatx, potser el de la secretària. No creia que els de les motos treballessin allà, sinó al carrer, seguint persones. Aquesta era la seva comesa. Però les dades rellevants dels clients per força havien de ser allà, a l'abast de la mà del propietari de l'agència.

Quedava l'ordinador.

Va asseure's a la butaca i el va engegar. Quan la pantalla va il·luminar-se va apagar la llanterna. La finestra era la de la persiana abaixada que donava al pati, així que va sentir-se segur. Va entrar al disc dur i van aparèixer unes quantes carpetes principals. En una va llegir la paraula «Clients. Casos actuals». Va prémer el cursor damunt la carpeta i un llistat va obrir-se en tota la pantalla, de dalt a baix.

Noms.

Però el seu no hi era.

–Qui coi és el teu client, maleït sigui? –va rondinar.

Els hauria d'obrir tots.

Un per un.

Va mirar l'hora. Un quart de tres.

–Maleït sigui... Merda!

Va començar pel primer. Antonio Acosta Martínez. Un cas de seguiment a una esposa presumptament infidel. Allà deia que ella anava al bingo, que era ludòpata, no una boja, tot i que al bingo tenia un amic amb qui xerrava. La investigació continuava, doncs, oberta. El següent pertanyia a una dona, Anabel Alonso Sobradiel. Un altre cas d'infidelitat. Estava en curs de seguiment del marit, de moment sense proves. El tercer nom era el de Rogelio Altamirano Hernández.

Va obrir l'arxiu.

I allà hi havia el seu nom.

Va ser el primer que va veure, com una alarma dirigida a la seva raó.

El seu nom, l'adreça de la ciutat; els noms de la seva àvia i la seva mare, amb l'adreça del poble; el nom del seu pare, la nova esposa i la filla, també amb les seves dades.

Tot i més.

Dades, detalls, una exhaustiva investigació, un repàs complet al seu present, però també al seu passat. Allà hi era tot. No hi faltava res. Ni tan sols la Raquel...

«El jove surt amb la noia per qui sembla que sent un veritable amor. Han estat vistos fent-se petons. Les fotografies...»

Tenien fotos d'ells dos.

Feia ja uns quants dies que el seguien.

Des que... la seva mare i la seva àvia havien sortit als diaris, i des que la notícia relativa a Els Tretze de San Agustín havia sortit a la televisió. Aquest era el tret de sortida.

Els Tretze de San Agustín i el seu misteri.

El cadàver volatilitzat del seu besavi.

En Germán va intentar calmar-se. Li va costar. Va llegir el seu arxiu una, dues vegades. Va obrir els documents adjunts, amb una infinitat de fotos seves, repartint pizzes, amb la Raquel, amb en Justo i en Plácido, amb en Mateo i en Fede en aquella placeta...

Un diari exhaustiu dels darrers dies.

Però res de Rogelio Altamirano Hernández.

Només unes dades i una indicació relativa al cas: «Màxima prioritat. Pressupost il·limitat. No reparar en despeses. Plena dedicació. Sense data límit. Informar directament».

Fos qui fos en Rogelio Altamirano Hernández, volia saber què feia en tot moment.

–Per què? –va preguntar a l'ordinador–. Per què i qui ets?

ROGELIO

50

La Residència Arc Iris no era un asil, ni tan sols una llar d'avis de primera categoria. Era un hotel de luxe.

En Germán s'ho va quedar mirant des de fora. Un mur de pedra, una tanca amb guàrdia de seguretat, jardins immensos amb arbres espectaculars, parterres de flors primmiradament cuidats, un estany central, avingudes assolellades o ombrejades amb bancs a cada costat, una glorieta... I això només a la part de davant, perquè el conjunt s'intuïa molt més gran per la part de darrere.

No havia dormit. No hauria pogut. En sortir de l'Agència de Detectius Nord va passejar pels carrers d'una ciutat deserta que el va embolcallar en el silenci. Va arribar fins a l'estació de tren i al cap d'una o dues hores ja es va confondre amb els primers matiners d'un dia qualsevol. Uns arribaven a la ciutat i altres se n'anaven. Les cares eren de son. Va prendre qualsevol cosa en un dels bars i continuà esperant.

Mirava aquell nom, i aquelles dades.

Residència Arc Iris.

Rogelio Altamirano Hernández.

Allà mateix, a la ciutat.

Se sentia cec i impotent.

Un taxista li va dir per on queia l'adreça. Ho van comprovar en una guia urbana. El viatge era massa llarg, i en conseqüència, massa car per anar-hi en taxi. No duia tants diners al damunt. Va limitar-se a memoritzar la zona i va buscar un autobús que hi arribés. Un trajecte llarg. Va necessitar fer transbordament i caminar uns cinc minuts.

Ja hi era.

Impressionat pel lloc. I commocionat per saber que es trobava davant la porta de totes les respostes.

Va creuar el carrer i es va acostar al vigilant de la porta. Hi havia una barrera per deixar passar, o no, els cotxes dels visitants. L'aparcament es trobava situat a la dreta. Després havia de caminar fins a l'entrada de l'edifici principal. Tot per no molestar els ancians i les ancianes que ja es veien des de fora, punts infinits i minúsculs del que els quedava de vida. Infermeres d'uniforme els acompanyaven a peu o empenyent les cadires de rodes.

En Germán va empassar saliva.

–On vas, noi? –Va aturar-lo l'home de seguretat.

–Rogelio Altamirano Hernández.

Ni tan sols va haver de mirar cap registre ni llistat.

–Sí, endavant.

Res més. Va caminar pel sender i travessà aquella mena de paradís final. Una infermera jove i bonica el va mirar i va somriure. Duia de bracet una dona d'edat infinita, cent anys potser. Feia metre trenta o quaranta i caminava corbada, recolzada en un bastó. El seu rostre a penes s'intuïa entre la trama d'arrugues que el solcava. Les mans eren tot ossos. Però va fixar-se en l'anell de diamants que lluïa en un dels dits, la polsera d'or del canell escardalenc i el collaret de perles que li penjava d'un coll que es balancejava a cada pas.

Una voraç aprensió se li va enfilar per les cames, va arribar a l'estómac, li va tenallar el cor i va dispara-se-li al cap.

En el vestíbul de la Residència Arc Iris va trobar-se una petita recepció amb una dona que atenia, vestida com totes, amb un uniforme d'infermera. També era jove, i atractiva. El cutis suau, cabells negres i nets, maquillatge discret i un escot pronunciat a l'uniforme. Un regal visual. El seu somriure demostrava que allà ningú no podia estar de mal humor. A la Residència Arc Iris es mimava la vida fins al darrer sospir.

De qui s'ho podia pagar.

–Hola –va inundar-lo de simpatia.

–Bon dia, voldria veure el senyor Rogelio Altamirano Hernández, si us plau –va dir intentant mostrar-se segur.

–T'espera?

–No –va reconèixer.

El somriure es va estroncar un moment. Va vacil·lar.

–En aquest cas no sé si...

–És important, i molt urgent.

–Ja, però és que el seu estat de salut...

–Pot dir-li el meu nom?

–És clar.

–Germán Fuentes Crespo.

–Vols esperar-te aquí un moment, Germán?

A l'altra banda del vestíbul, que era ovalat, hi havia sengles butaques col·locades a ambdós costats de la porta d'accés. Va seure i esperà amb recel. La recepcionista no es va moure del seu lloc. Va parlar amb algú mitjançant una línia interna i va continuar fent la seva feina, que consistia a respondre al telèfon i prendre notes.

El temps, ara, es va fer molt llarg.

Quinze minuts.

Una eternitat, mentre veia passar homes i dones que, en el passat, havien estat com ell, havien tingut 18 anys, quasi 19, i 20, 30, 40, 50... Homes i dones que van ser joves, capaços de riure i estimar, tenir somnis i menjar-se el món. Perquè tots els que estaven allà se l'havien cruspit, el món no els va devorar, a ells.

En Germán va sentir una forta opressió al pit.

Al cap de disset minuts va aparèixer una altra infermera, d'uns trenta anys, una mica més rodoneta però tan cuidada com l'altra, uniforme blanc radiant i lluminositat a l'expressió. Primer es va dirigir a la dona de la recepció, i després fins on era esperant-se, quiet com una estàtua.

–Germán Fuentes? –Va inundar-lo amb un altre somriure perfecte.

–Sí. –Es va posar dret.

–Perdona, però és que el senyor Altamirano era a teràpia. Vols acompanyar-me? –El va tutejar com la primera.

La va seguir. Primer cap al mostrador de recepció, per deixar-hi el DNI i rebre a canvi una credencial de «visitant». Va haver de penjar-se-la en un lloc visible, la butxaca dels pantalons. Després va seguir la infermera per un passadís situat a l'esquerra. No van pujar a cap planta. L'habitació era la 109.

–Pots esperar-lo aquí –el va convidar a entrar–. Encara trigarà uns minuts, a tot estirar deu. Si tens set pots beure aigua. Allà hi ha la nevera.

–Escolti –la va retenir–. Això és el que sembla?

–I què és el que sembla? –Ella va semblar que no el comprenia.

–Una residència de luxe.

–Bé, sí. –El somriure va expandir-se una mica de gairell, de manera que les dents van mostrar-se amb tota la seva blancor per entre els llavis.– És un lloc selecte, de primera classe, amb serveis mèdics propis, instal·lacions adequades per cuidar malalts i fer un seguiment personalitzat de cada cas... No havies vingut mai, abans? –Va arrufar les celles, insegura pel seu propi dubte.

–No conec el senyor Altamirano.

–És una persona encantadora. –El seu rostre es va endolcir.– I tot un personatge.

–Quant fa que és aquí?

–Un any, més o menys.

–Gràcies. –No va saber què més preguntar-li.

–Si vols pots esperar-lo a la terrassa –va acomiadar-se la infermera.

El va deixar sol.

51

Sol en una habitació que no era una habitació, sinó una suite. Es dividia en dos sectors, un amb dues butaques, un sofà i una tauleta raconera, i un altre amb una taula gran i sis cadires. La nevera era en un angle, prop del prestatge amb llibres i un televisor. Entre la sala i el dormitori hi havia un raconet protegit i bufó, sota una finestra, amb una taula i un ordinador, per treballar o el que fos. El dormitori era regi, traspuava sòbria elegància, com tota la resta, amb la diferència que, adossades a la paret, hi havia innombrables sortides i entrades per a oxigen i connexions a tots els sistemes mèdics que fessin falta, com als hospitals. Un armari, un televisor elevat per poder-lo mirar des del llit, i una calaixera, conformaven la decoració final. La porta que donava al bany era tancada, però s'intuïa que era més gran que les golfes on ell vivia. Tant el dormitori com la sala d'estar donaven a una terrassa privada i exclusiva, protegida de la curiositat aliena amb plantes i una petita tanca, i pel cantó de la sala d'estar hi havia una porteta que conduïa directament als jardins posteriors, amb els seus arbres i plantes exuberants, estanyols i camins, bancs i racons paradisíacs.

En Germán no va saber què fer.

Deu minuts.

En Rogelio Altamirano Hernández estava fent «teràpia».

Primer va anar a la nevera. La va obrir i va agafar una ampolleta d'aigua. Era tot el que hi havia, aigua. Si algun visitant volia alguna altra cosa, ho havia de demanar. Va beure un glop llarg abans de reprendre la inspecció i va escodrinyar els llibres del prestatge. Hi havia novel·les, totes històriques, i també volums relatius a la guerra civil i a l'Espanya del present. Molts dels llibres eren de fotografies de tots els punts d'Espanya. Altres eren mexicans.

Va abandonar la sala i es va ficar en el dormitori. El llit estava perfectament arreglat i l'aire era fresc. A la terrassa va veure una taula metàl·lica, quatre cadires, un para-sol plegat.

Però el que li va cridar més l'atenció van ser les fotografies.

Damunt la calaixera.

No una ni dues, sinó gairebé dues dotzenes, inundant completament tota la superfície, cada una amb el seu marc, alguns molt antics, treballats, de plata.

Fotografies d'una vida.

Primer les va mirar en conjunt. Després va sentir la primera urpada, com se li posava la pell de gallina. Va deixar de respirar en sentir el crit del seu instint. Les anava a inspeccionar d'una a una, buscant pistes, i es va quedar sense alè en trobar-les totes allà al damunt, de cop.

Allà.

Tan evident.

Va agafar la primera, tremolant. Dos homes, joves, amb uniforme, probablement republicà. No n'estava segur però per força ho havia de ser. Somreien a la càmera des de la seva joventut provocativa, encara que en ells hi havia un deix d'innocència quasi infantil. El de l'esquerra semblava un nen, sostenia un fusell. El de la dreta, sense les dents de dalt, amb el braç esquerre en una posició estranya, era el viu retrat del seu besavi.

El va reconèixer.

Idèntic a la fotografia que des de la xemeneia havia presidit tota la seva vida i la de la seva àvia Narcisa.

L'al·lucinació encara va créixer més.

–Merda... –va gemegar.

No era l'única imatge de la guerra. N'hi havia dues més. En una tornaven a ser ells dos, el seu besavi amb les mans al volant d'un camió atrotinat i el seu company al costat, dret recolzat a l'estrep. A l'altra el grup era més nombrós, set persones, soldats.

La mateixa innocència.

Els mateixos somriures.

Rostres disposats a menjar-se el món.

–Però... què vas fer? –va mussitar en Germán.

Va examinar les altres fotos. Ja no lluïen els uniformes, i semblava que haguessin passat uns quants anys. Però allà continuaven, tots dos, vestits amb certa dignitat, fins i tot amb classe. Fotografies en un despatx, en un elegant sopar amb altres persones, davant d'un camió en el qual podia llegir-se Transportes Peñalver y Altamirano...

Després, tot i que li va ser més difícil de reconèixer, va tornar a veure el seu besavi amb una dona, rodejat de nens. Tres. Dues noies més grans i un noi, més petit.

A les següents imatges l'altre home quasi no sortia.

Tret per fotografiar-se amb aquells tres nens mentre creixien, creixien, creixien...

Les va mirar totes, una a una. La nena gran s'assemblava a la seva àvia Narcisa. El nen, diria que s'assemblava a ell.

En Germán va sentir que li cremaven les ninetes.

–Mai no vas estar en aquella fossa –va xiuxiuejar de nou.

L'última fotografia era dels dos homes, ja grans, gairebé ancians.

Tota una vida.

–Per què?

I en la seva ment va aflorar una altra pregunta que no va arribar a pronunciar: «Per què ara?».

La veu, procedent de darrere seu, no li va respondre, però sí que va aclarir-li el dubte anterior.

–No esperava que fossis tan llest i que em descobrissis abans que jo et truqués, Germán.

Va girar-se sense arribar a deixar la fotografia al seu lloc, i es va enfrontar amb l'ancià assegut en una cadira de rodes.

Tan vell, tan decrèpit, tan a prop de la mort, que feia pensar més en una calavera amb pell que en un ésser humà, lleument semblant a l'home que a les fotografies de la calaixera somreia al món des de la joventut i la vida.

52

El petó de la Felicitat li va fer tancar els ulls, i es va sentir molt millor, més relaxat i còmode, tot i que l'excitació que sentia no va minvar en absolut.

Els nervis el recorrien veloçment, circulant lliurement per les terminacions de tot el seu cos.

Ella el va mirar en separar-se'n. Va continuar unida a ell, amb les mans retenint-lo pel clatell.

–Què faràs? –li va preguntar.

–Tu què creus? –va respondre l'Eduard.

–Explicaràs la història?

–Sí.

–Així, sense més ni més?

–He resolt el cas del cadàver que mai no va existir, reina.

–Ara existeix. I què?

–No t'entenc.

–Pot ser que facis mal, a algú.

–És la meva feina.

–Potser remous sentiments, històries que cadascú creia oblidades i enterrades.

–És la meva feina –va repetir–. I penso que la veritat mai no fa mal a ningú.

–La veritat és tan perillosa com la mentida, reiet. –Els ulls de la Felicitat el van travessar.– Tot i que és cert que tots ens mereixem conèixer-la, i que és un dret.

–Aquest dona, l'esposa d'en Damián Peñalver fill, només em va demanar que anés amb compte.

–Què més et va dir?

–No gaire més.

–Li vas parlar de la fossa i de tota la resta?

–Només vaig dir-li que estava escrivint sobre tot això.

–Li vas preguntar per què el seu sogre no va tornar a Espanya?

–Sí.

–I què et va respondre?

–Que aquí ja no hi tenia res.

–Et va dir això, exactament?

–Paraula per paraula: aquí ja no hi tenia res.

–I la seva dona Consuelo i la filla Narcisa?

–No li'n vaig dir res, però... –Va fer un gest forçat.– Crec que a Mèxic no sabien res de la seva existència.

–En Damián Peñalver va ocultar el seu passat?

–Bé, tu tenies raó: va iniciar una nova vida a l'altra banda de l'Atlàntic, i fins i tot es va casar i va tenir fills. Dues noies i un noi.

–Però com és que va silenciar la seva vida anterior? –La Felicitat va obrir els ulls.

–No ho sé.

–Estava casat, anava a ser pare. No podia contreure noves núpcies tret que a Mèxic el primer matrimoni no valgués. I crec que no era el cas.

Es va trobar amb la mirada cautelosa del seu company.

L'adreça de la Residència Arc Iris estava anotada en un bloc, al costat de les altres dues. Destacava en el conjunt com un fanal enmig de la nit més fosca.

–Quan aniràs a parlar amb aquest home? –va sospirar la Felicitat.

–Aquest matí.

–Vés amb compte.

–Sí.

–Té 89 anys i pel que et va dir la jove d'en Damián Peñalver, la seva salut...

–Ja ho sé.

–Què més et va dir, d'ell?

–Que m'ho podria explicar tot.

–És sorprenent. –Ella el va abraçar, tremolosa–. Encara hi ha una baula perduda, després de tants anys.

–Amb la memòria intacta –va correspondre-li ell.

–Una memòria plena de foc.

La va tornar a besar, i després del petó, dolç i tendre, van continuar abraçats, bressolant-se al compàs dels segons, que es van desgranar del temps com raïm en espera de fermentar en vi.

Quedava la darrera pregunta, la mateixa que l'havia estat perseguint dia rere dia des que se li va despertar la sospita que Damián Peñalver no havia mort la nit del 27 de juliol de 1936. I de sobte, no tenia cap pressa per formular-la.

53

–Per què el meu besavi no va tornar a Espanya?

Els ulls de l'ancià, dèbils, a penes una espurna de vida, van agitar-se amb una lleu intensitat al fons de les conques, com si miressin més endins que enfora.

–Creia que aquí ja no hi tenia res –va sospirar.

–I la meva àvia i la meva mare? I la seva dona, la meva besàvia Consuelo?

–És una llarga història, Germán.

–Tinc temps –va dir arronsant les espatlles–. Ara més que mai.

–Bé. –En Rogelio Altamirano va assentir amb el cap.

Va continuar mirant-lo, amb emoció, igual que un pare o un avi. La mirada de l'orgull. Havien sortit a la terrassa, per respirar l'aire net i sense contaminar que els envoltava. El matí era plàcid, brillava intens sota un cel blau carregat d'evocacions. Un matí excelsament viu en un racó de la terra en el qual la vida s'escapava a tots els residents més ràpid del que s'haguessin imaginat.

–En Damián no parlava gaire d'aquella nit –va començar a dir inundat de reflexions, amb veu lleugera, a penes un frec de l'aire en passar per la gola–. La primera vegada que m'ho va explicar, va plorar de ràbia, fúria i impotència. Després de la segona, una altra nit en què el vaig veure plorar com un nen per primera i darrera vegada a la vida, borratxos tots dos, em va dir que per res del món no ho podria oblidar, però que mai, mai més, no en tornaríem a parlar.

–Com va escapar-se de l'afusellament?

–És el més important, però no és l'essencial, Germán –va dir dibuixant un somriure forçat en el seu rostre–. L'essencial és el que va passar abans, quan els van torturar i quan els van passejar fins a la clotada de la muntanya.

–Li van trencar un braç i un cop de culata a la boca. És això?

–L'alcalde de San Agustín del Valle es deia Antolín Bolaños. Va ser ell qui es va decantar per l'alçament i va posar la Guàrdia Civil de part seva –va dir el vellet–. La seva mà dreta en tot el procés, inclòs l'assalt a l'escola durant els nou dies i l'afusellament dels que s'hi van atrinxerar un cop rendits, va ser el seu fill Claudio Bolaños.

–A aquest van matar-lo no sé quan, sent alcalde. –En Germán va obrir els ulls.– L'únic crim que hi ha hagut al poble durant anys.

–El va fer matar el teu besavi.

–Com?

–En Claudio Bolaños estava enamorat de la Consuelo, la teva besàvia. Era una mica més gran que en Damián, em sembla que un o dos anys més, i sent el fill del cacic del poble, com et pots imaginar, tenia diners i una més bona posició. Sempre es va pensar que la Consuelo seria seva. N'estava convençut. Però no va ser així. Ella va enamorar-se d'en Damián, des de l'adolescència, va resistir les proposicions del fill de l'alcalde i es va casar amb ell. Al cap de poc, a més, ja estava embarassada de la teva àvia Narcisa. La frustració d'en Claudio va ser enorme. Furiós, enganyat, amb la dona a qui estimava en braços d'un altre, el seu odi va convertir-se en objectiu i la venjança va arribar igualment en esclatar la guerra, l'oportunitat perfecta. En Damián ja estava sentenciat. Però és que a sobre es va posar del bàndol de la legalitat constitucional. Era un bon element, en Damián –va dir somrient amb orgull–. Sempre anava de cara. Creia en un món d'esquerres. Valent, generós... –L'emoció el va fer aturar un parell de segons.– En Claudio l'hauria anat a buscar igualment. En Damián li ho va estalviar quan va tancar-se a l'escola amb els altres dotze patriotes el 18 de juliol, disposat a resistir.

–Així que el meu besavi va morir per un tema passional.

–Va ser més que això. –La veu d'en Rogelio Altamirano en ocasions es debilitava molt més del normal, acusant una fatiga més i més accelerada.– Els Bolaños, pare i fill, van fer tancar les famílies dels assetjats en una casa. No els van deixar sortir. Quan els tretze van rendir-se, en Claudio va dir a en Damián una cosa que canviaria el curs de totes les nostres vides fins avui. Li va dir que la Consuelo havia mort, i amb ella la filla o el fill que esperava. Ho entens, Germán?

La veritat va engegantir en el seu cap, es va apoderar d'ell.

«Una cosa que canviaria el curs de totes les seves vides.»

Una mentida.

–No va tornar... perquè es pensava que no tenia ningú per qui tornar –va balbucejar el noi.

–En Claudio Bolaños odiava més enllà de la raó el teu besavi. Li va voler fer tot el mal possible, i que morís plorant, maleint, rabiós com un gos. Li va trencar el braç esquerre, li va fer saltar les dents de dalt... I tot i així, res no va ser més dolorós que aquella notícia. T'imagines? Li va dir que ell mateix havia matat la Consuelo i el fetus! –Va esperar que el noi assimilés aquell ensurt abans de continuar:– Però ell no va participar en l'afusellament dels tretze. Per a això ja hi havia els altres, la Guàrdia Civil i alguns del poble. Segons em va explicar en Damián, l'home de l'escamot que li havia de disparar era un amic seu. No en recordo el nom. Diferències polítiques sí, però amic. O no va encertar o va disparar enlaire, per damunt del cap. No el va tocar cap bala. Tot i així va ser llest, es va tirar a terra, com els altres, el primer, de manera que va quedar sota un altre i es va tacar amb la seva sang. No li van disparar un tret de gràcia. Van obrir la fossa, va passar molta estona abans que els cobrissin de terra i va començar a ploure. Una forta tempesta. Es van aturar els treballs i ell ho va aprofitar per gatejar fora del munt de cadàvers. Un cop lliure, mossegant-se el dolor del braç i les genives vessant sang, es va posar a córrer, i a córrer, i a córrer...

–I sempre va pensar que la seva dona i el fill que esperava havien mort.

–Exacte, Germán. Exacte. No va saber mai que la seva Consuelo era viva, i que la seva filla, la Narcisa, va néixer perfectament al cap de dos mesos. Com s'ho podia imaginar? Jo mateix no ho he sabut fins fa dos dies, quan vaig veure la notícia als diaris i a la televisió. Saps la sorpresa que em vaig endur?

–Que injust que va ser tot plegat, per a ell. –Ho va dir com si reflexionés en veu alta.

–Això ja no ho sé. Va tenir una segona oportunitat. Va sobreviure.

–Aquestes fotos indiquen que van lluitar junts a la guerra –va dir assenyalant a la calaixera plena de fotografies.

–En Damián va aconseguir arribar a la zona republicana. Va anar de poc que no perd el braç. El van curar i quan va tenir l'alta va allistar-se. Jo el vaig conèixer aleshores. Tenia 18 anys, tres menys que ell. Jo havia nascut aquí, érem paisans. Em va salvar la vida dues vegades, fill. Dues vegades. Era un bon amic, però en aquells dies viure o morir li importava molt poc. Menyspreava tots els perills. El van condecorar pel seu valor, que no era sinó desesperació. Sé que va estimar la teva besàvia com pocs poden estimar una dona. Parlava de tornar al poble i matar en Claudio Bolaños. Això sí. No va deixar de repetir-ho mai. Em deia: «Un dia hi tornaré, Rogelio, i si no ho faig jo pagaré algú perquè ho faci per mi, però ell morirà igualment».

–No hi va tornar.

–Vam perdre la guerra. –De nou el crepuscle en la brillantor de la seva mirada.– Vam sortir de Barcelona com tants d'altres, rumb a la frontera, vam passar a França, vam acabar en un camp de refugiats i d'allà, un dia, miraculosament, vam embarcar a Mèxic. Cap a l'exili. Ja no ens vam separar. Érem més que companys: érem germans. Durant un quant temps vam treballar en el que podíem, ens vam obrir camí, i amb sort o sense sort vam iniciar una nova vida i ens vam enriquir. Ens vam fer molt rics, Germán. Els nostres camions, la nostra empresa de transports, cobria el país sencer, de nord a sud, des de la frontera fins a l'Amèrica Central, i del Pacífic a l'Atlàntic. Una nova vida que no va impedir que les ferides continuessin obertes, sense possibilitat de cicatritzar. Jo tampoc no tenia ningú, a Espanya. Tothom havia mort. Uns anys després en Damián va casar-se, gairebé amb quaranta anys, cosa que prova com el record de la Consuelo li pesava a l'ànima. Es va casar amb una preciositat de l'alta societat mexicana, la Violeta, que aleshores tenia poc més de vint anys. Ningú no va fer preguntes. Ningú no va indagar en el seu passat. Per a què? En Damián era vidu. Calia passar comptes o demanar papers al poble? Aquí hi havia Franco i els seus –quasi va escopir el nom–. Es va casar i va ser feliç, com ho hauria fet qualsevol. Jo, per desgràcia, no ho vaig fer. Vaig continuar, i continuo, sent solter, cosa de la qual em penedeixo perquè estic molt sol i així de sol em moriré. Durant els anys següents en Damián va tenir dues filles i un fill, l'Estela, la Victoria i el Damián. La meva veritable família.

–I la mort de Claudio Bolaños?

–La idea de la venjança no la va perdre mai, però mentre en Franco era viu no es va atrevir a tornar. I quan en Franco va morir, el 1975, ja era massa tard per a una tasca d'aquest tipus. Així que va pagar un sicari. Sí, un assassí a sou. Et sorprèn? No t'ha de sorprendre. Nosaltres encara estàvem castigats per la guerra, el record, tot el que ens van robar, el país que s'havien quedat injustament, i a Mèxic els sicaris no eren del tot inusuals, al contrari. Va encarregar de matar en Claudio Bolaños, i fer-ho de manera que patís, que la seva vida s'extingís molt a poc a poc i que sabés en tot moment qui era l'inductor de la seva mort. També li va demanar una prova d'aquella mort. Això va passar el 1977, a la tardor, en una Espanya convulsa en la qual les restes del passat encara intentaven mantenir el seu poder i la transició s'obria pas amb penes i treballs, amb tanta por com la que hi havia el 36, amb matances com les dels advocats d'Atocha i el pànic d'un altre cop d'Estat, com al cap i a la fi va passar el 1981. El 9 d'abril de 1977, Adolfo Suárez va legalitzar el Partit Comunista d'Espanya. Imagina't.

–Quina prova va dur-li de l'assassinat?

–Els diaris, naturalment, però també això. –En Rogelio Altamirano va ficar-se la mà en una de les butxaques del batí i en va treure un rellotge antic, gros, amb tapa i cadena.– És l'únic record que m'he endut de tornada a Espanya. El teu besavi el va dur sempre a sobre des del 1977, com si fos el cor o l'ànima del seu enemic. El rellotge que va ser testimoni del seu darrer alè.

A penes li quedaven preguntes per fer. Només l'estupor.

Part del seu passat, de cop, era allà.

Tancant el cercle de la seva vida.

–Per què ha tornat, vostè?

–En Damián va morir fa dotze anys, fill.

En Germán va sentir que els ulls li coïen. Per un home que no havia conegut, però que formava part de la seva pròpia història i de qui duia la mateixa sang. Era com si l'eterna fotografia de la xemeneia de casa seva, en blanc i negre, cobrés vida.

–Què va passar?

–Res. Era vell, això és tot. –Ho digué amb naturalitat.– Jo no tenia fills, i ni les noies ni el noi d'en Damián no van voler continuar el negoci familiar. Vam vendre'ns Peñalver y Altamirano i aquí s'acaba la història. Després de la mort d'en Damián jo vaig estar amb la família encara onze anys més. Era el *tío* Rogelio. L'Estela, la Victoria i en Damián es van casar, van tenir els seus fills... Així que em vaig anar convertint en un residu fins i tot per a ells. L'avi espanyol...

–Per això va tornar.

–Un dia em vaig adonar que volia tornar a Espanya i morir aquí, a casa meva. Ser enterrat sota el meu cel. –Va elevar les dues mans amb els palmells amunt, amb nostàlgia.– Vaig liquidar les meves coses, m'ho vaig vendre tot, en vaig repartir per entre els fills d'en Damián i vaig tornar, malalt, com pots veure.

–A aquesta residència?

–Sí.

–Fins que va aparèixer la notícia de l'obertura de la fossa de San Agustín.

–Sí –va assentir de nou.

–Va veure les fotografies de la meva àvia i la meva mare sostenint les altres fotos, la del besavi i la meva.

–Va ser un cop terrible –es va estremir–. La Consuelo havia viscut, i havia tingut una nena, i ella una altra nena, i després tu... Déu meu, amb prou feines m'ho creia.

–I es va interessar per nosaltres.

Semblava cada cop més fràgil, i més dèbil. La veu, en ocasions, s'arrossegava per damunt d'un erm fet d'alenades i sospirs, emocions i passions. Com ara.

–Clar, clar! No podia ignorar-vos!, no m'ho hauria perdonat!

–Ho va fer per ell?

–Era el mínim! És... com si me'n sentís responsable!, ho entens? En Damián té una família viva: vosaltres!

–Té dues famílies.

–Però aquesta és la primera!

En Germán va preguntar-se quanta estona més resistiria en Rogelio Altamirano, o quant trigaria a aparèixer una infermera per recomanar-li calma, que descansés o alguna cosa semblant. La seva pell era un pergamí. Els angles del seu rostre, malgrat tot, estaven encesos.

El seu àngel de la guarda.

–I per què un detectiu privat? Per què no es va posar en contacte amb nosaltres directament?

Va alçar les dues celles, sorprès, i es va inclinar lleument endavant, per donar més èmfasi a les seves paraules.

–Per tot el que hi ha en joc, Germán. És que encara no ho entens?

54

Potser l'home ja era massa senil. Potser les emocions d'aquells dies, rematades amb la seva visita, l'havien abocat a la darrera bogeria. No n'estava gaire segur.

En Rogelio Altamirano el va cobrir amb una mirada mescla d'amor i dolor, passió i il·luminació.

–I què és el que està en joc? –va preguntar en Germán.

–El vostre futur.

–No l'entenc.

–Germán... –les seves mans van aferrar-se als braços de la cadira de rodes, com si s'anés a alçar de cop–. El destí té coses curioses, a vegades incomprensibles, a vegades previsibles, a vegades misterioses. Per què ha hagut de succeir tot això ara, justament ara, la fossa, la notícia, el misteri del cos número tretze, i tot plegat coincidint amb la meva presència a Espanya? T'ho diré: per tancar un cercle i fer justícia.

–Continuo sense saber on vol anar a parar.

–Quan en Damián va morir vaig perdre un germà, o fins i tot molt més que això. Tota la vida junts, des del 1936. És molt de temps, això. Mai no vam discutir, mai no ens vam barallar. Vam ser carn i ungla. Tant és així que en aquests dotze anys m'he preguntat moltes vegades per què va morir ell i no jo. Hauria d'haver estat al revés, perquè era millor que jo, perquè ell tenia família... Per tants motius! I ara, per fi, ho entenc tot! Estic aquí per tancar el cercle de la seva vida, no de la meva, i fer justícia d'una vegada! –Es va calmar de sobte, després de repetir les darreres paraules, i la seva expressió es neutralitzà, com si els ulls travessessin una breu eternitat. Va sospirar i aleshores li va dir:– Em queden sis mesos de vida. Sis, ho entens? No sé quin dels meus càncers guanyarà la cursa, perquè en tinc tres, però ja estan a la recta final, i déu n'hi do l'esprint que estan fent.

–Ho sento. –En Germán, a penes va poder articular cap paraula, atordit per la sorpresa.

–He viscut la meva vida, i no em puc queixar –va dir movent el cap amb resignació–. Per què vaig contractar un detectiu? Perquè no volia que la teva àvia i la teva mare sabessin res. Tu sí. Elles no necessitaven patir, saber que en Damián té una altra família a Mèxic. Tu sí, Germán. Tu hi tens tot el dret, i a més, necessites saber-ho. Ets el descendent d'en Damián. Vaig contractar un detectiu perquè esbrinés qui ets, si ets bona persona. Necessitava saber-ho. No em va agradar el que em va dir. Vaig pensar que no valies la pena. Vaig estar a punt de callar i anar-me'n d'aquest món sense dir-te res.

–Què li va fer canviar d'opinió i començar a protegir-me?

–Vaig veure les fotografies amb la teva xicota, les que van fer els detectius, i em vaig dir que si algú com ella, que sembla la cosa més dolça del món, et podia estimar, és perquè havia vist en tu alguna cosa especial i que valia la pena. Va ser ella la que em va fer canviar d'opinió, reflexionar, i ara estic content d'haver-ho fet. Sóc vell, ja ho sé: en vaig tenir prou amb unes fotos. Li ho deus a aquesta noia, fill. Les dones són més llestes que nosaltres. –Va fer una pausa breu i el va travessar amb la mirada.– Ho sé tot de tu, com ets, com et sents, i que per la teva joventut has estat a punt de ficar-te en problemes. Vas pensar que amb una xicota com la que tens necessitaves diners. Una estupidesa. Però s'ha acabat. El tema de la banda que robava pisos queda tancat. A la mexicana –ho va deixar clar–. S'han acabat els jocs bruts, fill. Tens sis mesos per demostrar-me que puc confiar en tu.

–Escolti, jo...

–No, escolta tu: Quin és el teu somni?

–M'agradaria estudiar. Des que estic fora de casa he entès que... Bé, això, que necessito formar-me. Vull ficar-me en temes informàtics, investigar o obrir una botiga...

–Heretaràs tres milions d'euros, Germán.

Va ser com un cop de puny silenciós.

–Perdoni?

–Ho vaig deixar tot a Mèxic, ja t'ho he dit abans, però em vaig endur alguns diners, per poder subsistir el temps que em fes falta i pagar-me els millors tractaments, que és el que em proporciona això. –Va obrir les mans per abraçar la Residència Arc Iris.– De sobte t'has convertit en la meva única família. Quan em mori, tot el que és meu passarà a ser teu. Descomptades les despeses i les factures et queden els tres milions que t'he dit.

Se sentia aclaparat. La xifra el va aixafar de cop.

–Em donarà...?

–Te'ls has de guanyar. Jo no et donaré res.

–Em pren el pèl?

–En absolut. No tinc temps per a bromes així. Hi haurà un altre milió per a la teva àvia i la teva mare. Un notari els dirà que és una vella herència. Tret que els vulguis explicar la veritat.

–Vostè no vol que ho sàpiguen, oi? –va aconseguir sobreposar-se a la commoció de tot plegat.

–No, no ho vull. Crec que és pel seu bé. Però ja em queda poc i potser m'estic equivocant, així que... Depèn de tu, noiet.

–Penso que la meva àvia Narcisa ho entendrà.

–Si és així...

–I estic segur que voldria conèixer-lo, perquè li parlés del seu pare.

La xerrada havia estat llarga. En Rogelio Altamirano va mostrar-se fatigat tancant els ulls durant un breu moment. La seva respiració pujava i baixava, com si una vella locomotora s'entossudís a arrogar-se per dins seu.

–Les guerres teixeixen camins estranys i històries curioses –va mussitar–. Però la vida sempre acaba tancant els cercles del temps.

Era curiós. No pensava en la seva sort inesperada, aquella fortuna que li obria el futur, ni en la resolució d'aquell misteri. Pensava en com havia estat a punt de perdre's.

–Senyor Altamirano...

–Rogelio.

–Senyor Rogelio, gràcies per evitar que em convertís en un idiota.

–Ets un idiota –va somriure i va obrir els ulls de nou–, però em sembla que t'hem atrapat a temps.

–Gràcies.

–No la perdis –digué referint-se a la Raquel.

En Germán es va estremir.

De sobte no li importava res que no fos ella. Ni els diners.

–Li dirà al seu detectiu que em deixi en pau?

–Puc confiar en tu?

–Sí.

–Aleshores d'acord. I no em donis les gràcies per res, i menys per aquesta herència. Només són diners, encara que sembla que ho sigui tot. De tot el que has dit, inclòs això de tenir un negoci i ficar-te en el món de la informàtica, el més intel·ligent ha estat decidir estudiar. Fes-ho –va dir apuntant-lo amb un dit imperatiu–. Si vols obre una botiga, o el que et vingui de gust, i que de moment la dirigeixi algú altre. Però tu estudia. Forma't, noi. No deixis passar l'oportunitat perquè la vida te'n dóna dues o tres, com a màxim.

En Germán va pensar de nou amb la Raquel.

–Li ho prometo.

En Rogelio Altamirano va estendre la mà dreta. En Germán la va veure tremolar davant seu. La hi va estrènyer i va notar com el vellet cremava les darreres forces per prémer-la-hi, com a homes.

Un pacte.

Els seus ulls van fer la resta.

–En Damián va viure dues vides, fill –va desgranar amb una passió mal mesurada–. Tu ets el que en quedarà de la primera.

55

La Narcisa Peñalver va contemplar les fotografies de la xemeneia.

La vella foto del seu pare, en què estava tan formós. La de la mare, jove i radiant amb ella en braços a pesar de l'eterna ombra de tristesa instal·lada als seus ulls. La de la Clara, quan era nena. La d'en Germán, el dia del seu aniversari.

Retalls d'una història.

Moments que el temps escombraria, però que avui, ara, formaven el cordó umbilical de la seva vida.

Va passar els dits de la mà dreta pel vidre de la foto del seu pare. Va mirar aquell rostre noble, obert, de front ample, cabells aixafats, ulls lluminosos i somriure de galant de cinema.

–Sé que et vas escapar, pare –li va xiuxiuejar–. No sé com, però ho vas fer. I encara que només fos per viure un dia més, pel que m'han explicat de tu, sé que va valdre la pena.

Va continuar acariciant la foto uns segons més. Després va anar a la taula, va agafar el llum d'oli, el va deixar a la lleixa de la xemeneia i el va encendre amb un llumí que va apagar amb una dolça bufada.

La flama va arrencar llums i ombres mòbils a totes aquelles fotografies.

–Mare –la Clara va sentir que la cridava.

–Sí, ja vinc.

L'esperava a la porta. La reunió a la casa del poble començava d'aquí a uns deu minuts. Volien proposar la instal·lació d'una placa en memòria d'Els Tretze de San Agustín.

No dotze. Tretze.

Sempre seria així, passés el que passés.

–Estàs bé? –li va preguntar la seva filla en acostar-se-li.

–Sí –va assentir la velleta.

–Anem?

–És hora de posar-nos en marxa –digué la Narcisa Peñalver.

No feia falta dir a què es referia.

Mare i filla van sortir de casa, amb el sol que brillava, i es van posar a caminar juntes fins al centre del poble.

56

L'Eduard va aturar el cotxe a l'entrada de la Residència Arc Iris. Davant de la caseta del vigilant. Va abaixar la finestra per preguntar-li:

–Vinc a veure el senyor Rogelio Altamirano Hernández. Puc deixar el cotxe allà? –va assenyalar l'aparcament.

–Sí, és clar, endavant –el va convidar el guarda de seguretat.

El periodista va esperar que s'alcés la barrera i, molt a poc a poc, es va dirigir fins al seu destí. Va baixar del cotxe, el va tancar amb clau i va caminar per aquells jardins immaculats fins a l'entrada de l'edifici principal.

No sabia amb què es trobaria.

Però ja era conscient que aquell seria el millor reportatge de la seva vida fins aquells moments.

Això li feia sentir ales als peus.

Va mirar tot el que l'envoltava, la solemnitat i el luxe, els ancians i les infermeres, la manera com el temps, allà, s'aturava i només s'activava quan una d'aquelles persones decidia emprendre el trànsit final. Un món a part.

I per a ell, la darrera resposta.

Va pujar l'escalinata, un graó, dos, tres. Per la porta va veure aparèixer un jove, d'uns divuit anys, vestit informal, rostre obert, que es disposava a baixar per les mateixes escales.

Un jove que li va resultar vagament familiar.

L'Eduard tenia bona memòria.

Es va creuar amb ell, i aleshores li va aparèixer el flaix.

San Agustín del Valle, una lleixa sobre la xemeneia, la imatge d'un noi jove el dia del seu aniversari...

El besnét d'en Damián Peñalver.

El periodista va aturar-se en sec al capdamunt de les escales. El va veure caminar decidit pel camí, rumb al carrer. Va estar a punt de cridar-lo.

No ho va fer.

El crit va morir en el seu pit abans que esclatés.

El va deixar marxar i es va girar per mirar l'edifici de la Residència Arc Iris.

Va emetre una bufada de sarcasme.

I va entrar-hi a buscar el destí d'un home que tothom creia mort des d'una nit infausta, un 27 de juliol de 1936, com a part de la llegenda d'Els Tretze de San Agustín.

NOTA DE L'AUTOR

Els Tretze de San Agustín no existeixen, ni tampoc el poble de San Agustín del Valle. La documentació per a l'elaboració d'aquesta novel·la procedeix, amb tot, de fets reals sobre les fosses de l'oblit, o del silenci, obertes entre el 2003 i el 2007 a Espanya. Les dades que apareixen en el relat, i moltes de les frases que al·ludeixen a les fosses i a les causes per les quals encara n'hi ha que continuen sense obrir, són veritables i les he reproduït d'entrevistes i de diversos mitjans de comunicació.

La meva gratitud és per a aquells grups que continuen lluitant per tornar els morts a la vida, i els cossos a les seves famílies. Encara existeixen 90.000 éssers humans enterrats, però no oblidats, en muntanyes i cunetes de l'Espanya del segle XXI. No només busquen la pau que se'ls ha negat sistemàticament, sinó una reivindicació després de ser assassinats impunement i bàrbara. Aquests grups, que segueixen lluitant per excavar fossa a fossa, són l'ARMH (Associació per a la Recuperació de la Memòria Històrica), el Fòrum per la Memòria, el Servei Civil Internacional i d'altres, com l'Equip Nizkor, dedicat a la defensa dels drets humans. Gràcies igualment als estudiants estrangers que vénen a passar les vacances a Espanya i desenterren voluntàriament el nostre passat mostrant un interès que va més enllà de la mera arqueologia.

ÍNDEX

Altres títols del mateix autor

El somriure del diable
de Jordi Sierra i Fabra
ISBN: 978-84-7660-959-0
«Espurna», 68

Quan l'Anna atropella en Lali amb el cotxe, encara no sap que la seva vida canviarà per complet. En Lali apareix com una persona encantadora que arrossega un dolorós passat d'orfandat i fracassos amorosos. O això diu... El seu enorme atractiu sedueix l'Anna, una dona que quedà viuda un any enrere, en morir el seu marit en un aparatós accident d'avió. Però darrere del somriure encantador del desconegut s'amaguen intencions tèrboles, com intueixen els fills de l'Anna, que en tractaran de descobrir el vertader rostre.

Altres títols del mateix autor

Solituds de l'Anna
de Jordi Sierra i Fabra
ISBN: 978-84-7660-525-7
«Espurna», 71

L'Anna és una jove feliç que comet un error fatal: lliurar-se a l'amor sense la protecció necessària. I això té conseqüències molt greus per a ella, que haurà d'afrontar el problema completament sola, presonera d'un cercle d'hipocresia i mesquinesa. *Solituds de l'Anna* és un llibre compromès i directe que denuncia la situació d'aïllament en què es troben la majoria de les adolescents que han d'acarar un embaràs no desitjat. Una novel·la que no sols haurien de llegir els i les joves, sinó també els pares que encara entenen que *prohibició* és sinònim de *protecció*.